お人好し底辺テイマーがSSSランク聖獣たちともふもふ無双する 3

A L P H A L I G H T

大福金

daifukukin

JN095770

アルファライト文庫

Main Characters
登場人物紹介
ルート&ミュー
スラム街に暮《く》らす兄妹。
二人だけで健気《けなげ》に
生きている。
ティーゴ
巻き込まれ体質の
心優《やさ》しき魔物使い。
Sランク以上の魔物や
魔獣のみを使役《テイム》出来る。

ゲスイー伯爵《はくしゃく》

鉱山街セロデバスコの領主。
重税で人々を
苦しめる。

ジャイコブウルフ

ガイアの森に群《む》れで棲息《せいそく》中。
2匹のリーダーが統率《とうそつ》し、
美しい花を守っている。

ガンガーリス

可愛《かわい》いが臆病《おくびょう》なリス魔獣。
怪我《けが》を治してくれた
ティーゴを慕《した》う。

1　鉱山の街セロデバスコ

俺——ティーゴは魔物使《テイマー》いだ。「Sランク以上の魔物しか使役《テイム》出来ない」という謎《なぞ》のスキルを持っていて、沢山《たくさん》の仲間と共に自由気ままな旅を続けている。

港町ニューバウンを出発した俺達は、新《あら》たな目的地である、鉱山の街セロデバスコに向かって歩き出していた。

俺の横では使《つか》い獣《じゅう》のフェンリル——銀太《ぎんた》が、ふわっふわの尻尾をご機嫌《きげん》に揺《ゆ》らしながら歩き、頭の上では卵から慈愛《じあい》の龍へと成長を遂《と》げた、幼龍ティアが気持ち良さそうに寝ている。

『なぁなぁそれでな？　聞いてくれよティーゴ！』

そんな中……興奮気味《こうふんぎみ》のスバルや一号達が、話を聞いてくれとワチャワチャしながら少し前を歩く。

本来のスバルには聖獣グリフォンというカッコイイ姿があるのだが、俺の目の前を飛んでいるのは可愛《かわい》い小鳥。さらに、元は一匹の聖獣ケルベロスである一号、二号、三号の三匹も、子犬姿で肉球をぽにぽにさせ歩いている。

うん、可愛い。癒《いや》される。

『それでね？　私達が探索《たんさく》に行った南側にね！　なんとカスパール様の隠《かく》し小屋があったの！』

『そうさ！　そこで俺はいっぱいお宝も見つけたんだぜ？』

三号とスバルが意気揚々《いきようよう》と楽しげに話している。

昨日、俺達はある森の中を二手《ふたて》に分かれて探検《たんけん》した。その時に、スバル達のグループは大賢者《だいけんじゃ》カスパール様が生前使っていた隠れ家《が》を見つけたらしい。

スバルとケルベロスの三匹は、大賢者カスパール様と家族同然の関係だったから、余程嬉《うれ》しかったみたいだな。

「お宝？　どんなお宝があったんだ？」

カスパール様のお宝って何だろうな……想像するだけでも凄《すご》そうだよな。

するとスバルが鼻息荒《あら》く得意げに、俺の前に何かが入った布袋を差し出した。

『これさ！　白金貨百枚！』

「えっ？　はっ白……？　金貨……!?」

ええと……聞き間違いだよな？　いま白金貨って聞こえたんだが？

金貨の間違いだよな？

驚《おどろ》いている俺をよそに、スバルはジャラランッと音を鳴らし、アイテムボックスに収納していた袋を出す。

『ホラッ？　見てくれよ』

スバルが白金貨を地面に撒《ま》いて、スゴいだろと言わんばかりに見せる。

「あわわわわっ⁉」

思わず変な声が漏《も》れる。本当に白金貨だ！　ひゃっ……百枚ってことは……金貨にすると一万枚……うーん………。

『あっ主《あるじ》⁉』

倒れそうになった俺の体を、銀太が鼻先で支えてくれる。

あっ……危《あや》うく気絶《きぜつ》するところだった。

「はぁ……ったく、白金貨をこんな所にばら撒いて」

猫のパールが文句を言いながら、散《ち》らばった白金貨を手でちょいちょいっと、猫パンチをするような動きで集めている。その動きだけ見ると、可愛い猫にしか見えないいんだが、中身はどう考えても猫じゃない謎多き存在。それがパールだ。

「ありがとうパール。白金貨集めてくれて」

俺は急いでアイテムボックスに白金貨を収納した。

ふうう……それにしても、あんな大金を隠れ家に置いておくなんて……カスパール様は凄いお金持ちだったんだろうな……。

『ティーゴの旦那《だんな》？　どーしたんだ？　顔が真《ま》っ青《さお》だぜ……もしかして白金貨は嫌《いや》だったのか？　もしかして普通の金貨の方が好きなのか？』

俺があまりにも挙動不審《きょどうふしん》な態度を取ってしまったので、スバルが不安げに俺を見つめている。

「あっ！　ちっ……違うよ？　あんな大金を生まれて初めて見たからな？　俺ビックリしてさ……ほんと助かるよ。ありがとうなスバル」

俺は慌《あわ》ててスバルの頭を撫《な》でた。

『うっ嬉しいんなら……良かった』

スバルは翼を広げ、照《て》れ臭《くさ》そうにして飛んで行った。

その後もカスパール様の隠れ家の話を、一号、三号が楽しそうに話している。

その会話に入れない二号。

二号は俺達のグループに居たから、スバル達を迎《むか》えに行った時に隠れ家を一瞬見ただけで、中までは見ていないのだ。

少しして、二号は一人、カスパール様の隠れ家に転移していった。三号から謎の魔道具を渡されていたけど、あれは何に使うんだろう……？

一時間くらいすると、目を真《ま》っ赤《か》に腫《は》らした二号が帰って来た。

一号と三号とスバルが二号の所に集まり、何か話をしている。

きっとカスパール様の思い出話だろうな。

良かったな……隠れ家を見つけることが出来て。

そんな一号達を微笑《ほほえ》ましく見ていると、森の奥でバタバタと動く何かが見える。

ん?……あれは何だ?

目を凝《こ》らしよく見ると、震《ふる》えながら丸まってる茶色い何かが居る。

あれはガンガーリスか?

何で逃げないんだ?

ガンガーリスはBランク魔獣で、一匹ならそんなに強い魔獣じゃない。

普通なら銀太達を怖《こわ》がり、一目散《いちもくさん》に逃げるはずが、何故《なぜ》かその場でじっと固まり、震えて全く動かない。

……何でだ?　震える様子から見て銀太達が怖いはずなのに。

不思議に思い近付いてみると、その理由が分かった。

「あっ!　足の上に石が!」

どうやら大きな石が足に乗っかり、身動きが取れないようだ。

俺は急いでガンガーリスの所に走って行く。

ガンガーリスは急に近付いて来た俺を警戒《けいかい》し、ふわふわの尻尾がさらに大きく膨《ふく》らむ。

そんなガンガーリスを安心させるため、必死に話しかける。

「大丈夫だからな？　俺は何もしないから。石をどけるだけだから……なっ？」

俺はそっとガンガーリスの頭を優《やさ》しく撫でた。

『キュッ……？』

俺が何もしないと分かりホッとしたのか、ガンガーリスは震えが止まり大人《おとな》しくなった。

「よっと！」

俺はガンガーリスの上にある石を持ち上げ、横にどける。

「よし！　これでもう大丈夫だよ！　あっ足が……これは痛そうだな」

ガンガーリスの足はあり得ない方向に曲《ま》がっていた。折れているんだろう。俺は急いでガンガーリスの足のケガを、覚えたての回復魔法で治《なお》してやる。

『……キュキュウ⁉』

嬉しかったのか……ガンガーリスは大きな瞳をキラキラさせ、自分の体より大きな尻尾をぷりぷりとさせている。

可愛いなぁ……ガンガーリス。

こんな近くで見たのは初めてだ。大きさは一メートルくらいか？

こんな可愛い魔獣を討伐《とうばつ》することが出来る奴なんているのか？　それ程にその姿は可愛かった。

優しくガンガーリスの頭を撫でていると、ふいに腹のポケットに手を入れ何かを出してきた。

「これは⁉」

『キュキュウー！』

ガンガーリスは謎の果物を俺に手渡してきた。

【レインボーマスカット】
ランク　S
七つの味をもつ不思議なマスカット。一粒一粒味が違う。粒の大きさは五センチから十センチと大きい。
粒により魔力が増えたり、体力が上がったり、力が強くなったり……何が起こるのかは食べてみないと分からない。

何この珍《めずら》しい果実は……こんなの初めて知った。手渡された果実をどうしたらいいか分からず、ガンガーリスを見る。

『キュッキュウ♪』

言葉は分からないが、それはまるでこれを貰《もら》ってくれと言っているようだった。

「えっ……いいのか？　こんなレアな果物貰って？」

『キュウウ♪』

そうだと言わんばかりに、ガンガーリスは頭を上下に振った。

「そっか、ありがとうな」

俺は嬉しくってガンガーリスの頭を再び撫でた。

『キュ……キュウ』

「あっ、そうだ！　これをお礼にあげるよ！」

俺は作り置きのトウカパイをお返しに渡した。

『キュウキュキュウ！』

ガンガーリスは瞳をウルウルさせ、大きな尻尾を左右にぷりぷり揺らしながら喜んでいる。

『ティーゴ！　何だそれは？』

甘い匂いに気付いたスバルが飛んで来た。スバルは食べ物には目敏《めざと》いからな。

『キュ!!』

「あっ！」

スバルにビックリして、ガンガーリスが森の奥に走って行ってしまった。

小鳥姿なのに本当の強さが分かるんだな。

「スバル！　これは新作のトウカパイだよ。食べるか？」

『もちろんだぜ！』

スバルが一口でかぶりつく。

『なっ何て……ジューシーなパイなんだ⁉　口の中が甘いジュースで溺《おぼ》れそうだ！　くそう……コイツめ、俺を溺れさせてどーするつもりだ！』

「ブッ……！」

スバルよ、溺れさせるつもりはないからな。

それはただのトウカパイだ。相変《あいか》わらずスバルの感想は面白《おもしろ》い……ププッ。

『あっ！　ズルいのだ！　スバルだけパイ食べてる！』

銀太も走って来た。

「みんなの分もちゃんとまだまだ沢山あるから……なっ？」

俺は銀太にもトウカパイを渡す。

みんなでパイを食べていると、熱い視線を感じる。

ん……あれは？

さっきのガンガーリスが、今度は仲間を連《つ》れて遠くからこっちを見ている……お腹《なか》のポケットから、レインボーマスカットをチラチラ見せて。

何アイツ等！　可愛過ぎるだろ。

そうか、トウカパイと交換して欲しいんだな。

茂《しげ》みに隠れて様子を窺《うかが》っているガンガーリスに、トウカパイを渡しに行く。

俺が近付くとガンガーリス達は一斉に尻尾をぷりぷりし、ポケットからレインボーマスカットを出してきた。

俺は順番にトウカパイを渡して、レインボーマスカットを貰う。

『キュキュウ!!』

交換が終わるとガンガーリス達は、大きな尻尾をぷりぷりしながら、嬉しそうに森の奥に帰って行った。

ガンガーリス、可愛いな……。

しかし困ったぞ。手持ちのトウカパイが全部なくなってしまった。

絶対……アイツ等、納得しないぞ。

これは……もう一度トウカパイを焼くしかないな。

そのついでに何かご飯も作るか。

★　★　★

追加で焼いたトウカパイとご飯を食べて、俺達はまた出発した。

それにしても聖獣達は本当によく食べるなぁ。買ってもすぐに食材がなくなる。

今回はもう小麦粉がなくなってしまった。セロデバスコでは小麦粉を大量に買わないとだな！

『ティーゴ！　こっちに来てみろ！　セロデバスコの街がよく見えるぜ？』

スバルが小高い山になっている所から俺を呼ぶ。

「なんだ？」

スバルの居る所に走って行くと、その場所からはセロデバスコの街の全景が見えた。

「うわぁ……凄い！」

『なっ？　絶景《ぜっけい》だろ？』

上から見下《みお》ろしたセロデバスコの街は、中央に数百メートルはある大きな穴がポッカリと空《あ》いていて、その周辺にいくつもの家が建《た》っていた。

穴の中には細長い橋が、上にも下にも架《か》けられていて、下にいくと小さな横穴が沢山空《あ》いていた。

「穴だらけだな。こんな街があるんだな……鉱山の街だからか」

『ほんとだな、穴ボコだらけだな』

「いい景色が見れて良かったよ！　教えてくれてありがとうな。スバル！」

スバルの頭をヨシヨシと何度も撫でる。

『ティーゴが嬉しいんなら……良かったよ』

スバルは照れ臭そうに、銀太の所に飛んで行った。クスッ。

「よーしっ！　セロデバスコの街に行くぞ」


街に近付くにつれ、大きな石造《いしづく》りの門が見えてくる。セロデバスコの街に着いたんだな。

門の入り口には、大きな馬車を引いた商人らしき人達が沢山並んでいる。

『早く行こうぜっ！』

スバルが門に向かって飛んで行く。

「あっ、スバル待ってくれよ！」

俺達がスバルを追いかけ門まで走って行くと……。

「……やっぱりな」

沢山居たはずの商人達は、銀太を見て悲鳴を上げて散り散りに逃げて行く……周りには門番以外の人が居なくなった。

「はわっフェフェ……フェンリルだっ⁉」

門番さんも気絶寸前だ。

「あの！　受付してもらえますか？」

俺は冒険者証を見せる。

「あっ……はは い！　失礼しました！」

「ティーゴ殿！　セロデバスコの街へようこそ、どうぞお入りください！」

門番の人は震えながらも道を開けてくれ、俺達はワクワクしながらセロデバスコの街に入った。

ん……何だろう……？　街に入ると違和感《いわかん》が……。

いつもなら銀太の姿を怖がられたり、逆にモフモフにウットリされたり……と初めて街に入った時は、街の人達から何らかの反応があるのに。

誰も俺達のことなど見ていない？

何だ……？　街に活気がない……みんな虚《うつ》ろな目をして歩いている。

人もそんなに歩いていないし。

「なぁ？　何かこの街……変じゃないか？」

『ふうむ？　確かに我のカッコいいマントを見ている奴がおらんのう』

銀太から見当違いの返事がくる。

いやいや銀太？　マントじゃなくて……みんなは銀太を見てるんだよ？

『そうね……いつもなら私達をウットリしながら見ている人間が居るのに』

三号？　凄い自信だな。確かに人化した姿は美人だけど……。

今まで行った街、ルクセンベルクでもニューバウンでもこんなことはなかった。

みんなもっと活気に満ち、楽しそうだった。

そうだ！　冒険者ギルドに行けば何か分かるかもしれない。

「みんな？　冒険者ギルドでこの街について話を聞こうと思うんだけど、いいかな？」

『いいぜ俺は！　ならギルドを探《さが》すか』

そう言うとスバルは飛んで行った。

『あー……スバル、飛んで行ったわね。じゃあ、私達も冒険者ギルドを探しましょ？』

三号の言葉に頷《うなず》き、みんなで冒険者ギルドを探しながら街を歩いて行くと、数分もしないうちにスバルが戻って来た。

『おーい。見つけたぜっ！　ついて来いよな？』

スバルが早速冒険者ギルドを見つけたみたいだ。俺達はスバルの後をついて行く。

『ここが冒険者ギルドだ！』

セロデバスコの冒険者ギルドは、石のブロックを積《つ》み重《かさ》ねて出来た、重厚《じゅうこう》で大きな建物《たてもの》だった。

「よし……入るか！」

木で出来た大きな観音開《かんのんびら》きの扉をガチャッと押し開け中に入ると、街の様子とは打って変わり、冒険者ギルド内は活気に満ち溢《あふ》れ、賑《にぎ》わっていた。

俺達の噂《うわさ》も冒険者の間では有名になり、ギルドで銀太を見てもビックリする奴が少なくなってきた。

とりあえず受付に行こうとキョロキョロしていると、俺達に向かって一目散に走ってくる人が居る。

「すみませーん！」

声をかけてきたのはギルド職員のお姉さんだった。

「ティーゴ様ですよね？　奥に案内しますのでついて来てください！」

俺達はお姉さんの後をついて行くと、二階にある一室に案内される。

「この部屋で少しの間待っていてくださいね。ギルドマスターを呼んできます！」

案内された部屋のソファに座り、ギルドマスターを待つことに。

『なぁ……この街は何が美味《うま》いんだろうな？　美味い甘味《かんみ》があるかなぁ』

『じゅるり……ではどんな甘味が出るのかのう……楽しみだのう』

スバルと銀太が甘味の話をしている。でもな？　このギルドで甘味を貰えるかどーかは、まだ分かんないよ？

部屋の扉が豪快《ごうかい》に開き、一人の女性が入って来た。

「お待たせしたね！　セロデバスコのギルマスのアメリアだ。よろしく頼《たの》むよ」

セロデバスコのギルマスは女性か！

燃えるような赤く長い髪に、筋肉の付いた引き締《し》まった体！　凛々《りり》しい女性だ。

「ティーゴです！　よろしく」

「ティーゴ、この街はどうだ？」

アメリアさんが街について聞いてきた。ちょうど良いので、俺は思ったことを話す。

「正直《しょうじき》な話……今まで行った街の中で、一番活気がないと言うか……街の人達も元気がないように思えて」

「ティーゴもそう思うか！　この街はな？　二年前に新しく領主になった奴のせいで、街が死んでしまったんだ」

「街が死んでしまった……？」

ギルマスは何を言ってるんだ？

「そうさ、前領主様は良い人だった……この街がどうしたら良くなるか、いつも考えてくれる人だった。なのに突然、領主様が亡《な》くなった。すると数日後に今の領主が現れたんだ」

「えっ……そんな急に？」

「ああ……街のみんなは、今の領主が前領主様を殺したんじゃないか？　って思ってるよ。でも証拠《しょうこ》がない」

「そんな……！」

「そして今の領主は税金を釣《つ》り上げ、払えなければ家も何もかも奪《うば》っていく。それが嫌で他の街に行こうとすると、金貨三百枚を支払わなければ、街から出ることも許さないと言いやがったんだ……そんな金！　用意出来る訳ないじゃないか！　この街のみんなは生きていくだけで精一杯《せいいっぱい》なのに！」

アメリアさんが顔を顰《しか》め、机をドンっと叩《たた》く。

「酷過《ひどす》ぎる……だから街の人達はみんな、生気のない顔をしていたんだ」

何なんだ……この胸糞《むなくそ》悪い話は。

領主ってのは、街の人達のことを考えて行動するんじゃねーのかよ！

「この街の中心にある大きな穴の下の方に、横穴が沢山あっただろう？　あそこには住む所がなくなった人達が住んでいるんだ。子供達だけで住んでいる横穴も沢山ある。この街にスラムが出来てしまったんだ」

あの横穴は家だったのか……。

「スラムを作るような酷い領主をどうにか出来ないのか？」

「私達冒険者ギルドは、街とは別の組織だからね。冒険者ギルドは国王様が取り仕切って運営しているが、セロデバスコの街は領主が仕切っているんだ。一度話をしに行ったが、お前達ギルドは街の運営とは関係ない！　の一点張りで話にならなかった……」

ニューバウンの領主様は素敵な人だった。街の人達を思いやり、常に気にしていた。

それなのに、何でそんな酷い奴が領主になれるんだ！　おかしいよ！

俺は久しぶりに悶々《もんもん》と嫌な気持ちになった……。

部屋がノックされ、ギルドのお姉さんが入ってくる。

「失礼します。お茶菓子をどうぞ」

「まっ、気を取り直してこれでも食べて？　この菓子は最近セロデバスコの名物になってるのよ？」

ギルドのお姉さんが、不思議な食べ物を持って来てくれた。

丸くて……茶色い。

アメリアさんは名物だと言うが……どんな味がするのだろう。

『何じゃ？　甘味か？　我も欲しいのだ！』

ギルドのお姉さんが、急いで銀太達にも持って来てくれた。

銀太め……絶対これを待ってたな。

噛《か》み締めるとパリッと良い音が弾《はじ》ける。

『ほう……硬《かた》い甘味か。初めて食べるがこれはこれで美味いのう』

『どれ？　こっ……これは⁉　甘さの中に塩《しお》っ気《け》があり……こんな食べ物もあったのか。これは……甘ジョッパイのハーモニーだ！』

スバルよ……。

甘ジョッパイのハーモニーって何だ？

確かに噛み締めると硬いんだが、癖《くせ》になる。不思議な食べ物だな。スバルの言う通り、甘いんだけど塩気もあり……ついつい食べてしまう。

「ほう……硬い甘味じゃと？　どれっ、パリッ……ふむ！　これは面白いのじゃ！　中々。もう一枚。パリッ……ふむ。これは！　やめられんのじゃ！」

大人しく寝ていたパールが急に起きて来て、甘味を頬張《ほおば》っている。相変わらずの食いしん坊だな。

喋《しゃべ》るか食べるか、どっちかにしたらどうだ？

『ティアはちょっと苦手《にがて》なの！　硬いのよりふわふわがいいの！』

『私もティーゴのパイの方が好きね。味は美味しいけど硬いのはね』

ティアと三号はあんまりか……みんな、それぞれ好みが出てきたな。

俺達の反応を笑って見ていたアメリアさんが言う。

「不思議でしょう？　これは【ざらめ焼き】って言って、米で出来ているの」

「米……？　ですか。初めて聞きました」

「でしょうね？　米を知らない人は多いと思うわ。ここセロデバスコでは、この米が沢山収穫《しゅうかく》出来るのよ。米は私達の主食でもあるのよ」

「お菓子にもなり、主食にもなるなんて……小麦みたいですね」

「そうね。でもこの街では小麦粉は高価で、中々庶民《しょみん》には手が出ないけどね」

「えっ……小麦粉が高い？」

「セロデバスコでは小麦が育ちにくいのよ。その代わりに米がよく育つの。だから米が主食ってわけ」

「なるほど！」

「それでね？　何で特産品を作ったかと言うと、元気で若い男達はみんな鉱山で働いている。でもその儲《もう》けのほとんどを領主が持っていく。だから女だけで何か特産品を作って、少しでもお金を稼《かせ》ごうと考えて出来たのがこの……ざらめ焼きなの！」

前向きだな。俺に出来ることがあるなら何か協力したい。領主はクズだけど！

「この街に居る間は何でも協力するから言ってくれよ？」

「ティーゴ！　ありがとう。その気持ちが嬉しいよ」

2　肉祭り

冒険者ギルドを後にし……俺達は街を散策《さんさく》しながら、道具屋を探している。

鉱山の街って言うくらいだから、鉄商品の種類も豊富にありそうだなと、思っているのだ。

使い獣が増えて大所帯《おおじょたい》になってきたし、一度に沢山焼ける焼き台が欲しい……理想のものがあると良いなぁ。

『ティーゴ！　アレじゃない？　金物屋って書いてあるから、鉄商品とかの専門店かも？』

「金物屋なんて初めて聞いたぞ？」

三号に言われて外の窓ガラスから店内を見てみると、色々な鉄商品が並んでいるのが分かる。

「おおっ確かにここだな。よし入ってみるか」

カラン♪　と音を鳴らして扉を開ける。

出迎えてくれたのは、俺と同い年くらいの空色の髪をした少女だった。

「いらっしゃい！　って⁉　フェフェ……フェンリル‼　あわわわ……」

やばい！　ビックリして少女が今にも気絶しそうだ。これはまずいぞ。

「このフェンリルは俺の使い獣なので何もしません。可愛いだけです」

慌てて俺は銀太をモフモフして見せる。

モフモフ……もふもふ……モフモフ。

「ゴクリッ……もふもふ……もふもふ」

ん？　やり過ぎたか？　少女の目がウットリと銀太を見つめている。

「すみません？　コイツが大丈夫なの……分かってもらえましたか？」

「あっ……⁉　ゴッゴメンねっ！　最高の毛並みね。私はチャイ！　この店の店主よ……って言っても、従業員は私一人だけどね？」

「こんにちは！　ティーゴです」

　金物屋さんをこんな少女が一人で経営しているのか。

「で？　ウチの店でどんな商品が欲しいの？」

「外で使える大きな焼き台が欲しくて」

「大きな焼き台ね。ふむ……それは肉とかを焼くのよね？」

「そうです！　肉を焼く用です」

「……うーん。ちょっと待ってて？」

　そう言うと奥の部屋に入って行った。

　俺が考えているような焼き台があったらいいなぁ。

「お待たせ！　ウチにある中で一番大きな焼き台よ！」

　持って来てくれた焼き台は、横幅《よこはば》六十センチ、縦幅《たてはば》三十センチ、高さ一メートル二十センチの、よく見る焼き台よりは一回り大きいサイズだ。

「どーだい？　こんな大きな焼き台は何処《どこ》探しても置いてないよ？」

　確かに！　今まで見た中じゃ一番大きい。でも俺が欲しかった焼き台は、これ四つ分くらいの大きさの焼き台なんだ。

「どーしたの？」

「折角《せっかく》出してもらって申し訳ないんだが……俺が欲しかった焼き台は、これの四つ分くらいのだったんだ」

「この焼き台四つ分って！　そんなに大きなの、持ち運《はこ》びに困るでしょ？」

店主のチャイさんが目をまん丸にして驚いている。

「それなら大丈夫！　俺はアイテムボックスのスキル持ちなんだ」

「アイテムボックス！　超レアスキルじゃん、羨《うらや》ましい……あっ！　そうだ、持ち運びに困らないんなら、これと同じ焼き台四つを、溶接《ようせつ》でくっ付けてあげるよ！」

「いいんですか？」

何てありがたい提案だ！

「こんなのチャチャッと仕上げてあげる！　じゃあ裏の作業場について来て？」

「はいっ！」

店の裏側は大きな鉄材や作品が無造作《むぞうさ》に並べてあった。

まぁ……色々な物がゴチャゴチャしている。

「適当な場所に座って待ってて？　私……片付けが苦手でね」

チャイさんはペロっと舌を出し、照れ臭そうに笑う。

『主～良かったのう。欲しい物が手に入って！』

『そうなの！　ティーゴが嬉しそうだとティアも嬉しいの！』

銀太とティアは嬉しいこと言ってくれるなぁ。可愛い奴め。

『ティーゴの旦那？　顔がニヤニヤしてるぜ？』

嬉しくて顔に出てたのか！

スバルはすぐそういうことに目敏く気付くからな。

「いーだろ？　もうっ！」


「お待たせ！　完成だよ。どう？」

チャイさんが出来上がった焼き台を見せてくれる。

そう！　これだよこれ、俺が求めてたのは。

「ありがとう最高だ！」

「ふふっ良かった。代金は金貨四枚だよ！」

「ありがとう！　じゃあこれを」

金貨四枚を渡した。

「毎度あり！　また買いに来てね！」

俺はほくほくで金物屋を後にした。

早速この焼き台を使いたい！　でも街中で使えないしなぁ。

何処かいい場所ないかな？

よし……いっそこの街を出て森で肉祭りをしよう！　森なら誰にも迷惑《めいわく》かけないいし。

「森に出てこの焼き台を使ってみたいんだけど、いいかな?」

『我は良いのだ!』

『森ってことは来た道を戻るのか?』

銀太とスバルに言われて、俺は頷く。

「そうしようかなと……」

すると、今度はパールが話に入ってきた。

「それなら……街の北の方にある森に行くのはどうじゃ? 北の森は、この街の者達が薬草などを採取《さいしゅ》する用に門が開いていて。門番は居るが検問《けんもん》などはなかったはずじゃ」

「なるほど!」

「まぁ三百年前の記憶じゃが……」

「え? なんか言った?」

「んん? 何でもないのじゃ」

「ところでさぁ? 何でそんなこと知ってるんだ? パール?」

パールはこの街に初めて来たんじゃないのか? まるで過去に来たことがあるかのようだ。

「えっ! あっ……ワシ、猫じゃった。じゃなくて……んんとじゃ?」

パールの様子が少しおかしい。動揺《どうよう》しているように見える。何でだ? 理由が分からない。

色々なことを思い出しているんだろうか？

「分かったぞ！　…………もしかしてお前は、昔この街に住んでいたのか？」

「住んで？　ワシが……？　そんなわっいやっ……そうじゃ！　住んでたんじゃ」

「なるほどな、だからセロデバスコに詳《くわ》しいのか。じゃあパール？　北の門への道を教えてくれ！」

「分かったのじゃ！」

ほんと不思議な猫だよな。

パールの後をみんなでついて行く。

「ここを曲がると……門が見えるはず、おおっ！　変わっておらん」

パールの言った通り門があり、門番は不在で、小さな門扉《もんぴ》の奥には木々が生《お》い茂《しげ》っていた。

「凄い、門を通ったらすぐ森じゃないか！」

『街の中に森があるみたいだな』

『本当っすねー森と街が合体してる』

一号と二号が不思議そうに見ている。その気持ち、同感だ。

「行こうか！　森に行ったら肉祭りだ！」

『『『やったー！　肉祭り』』』

「楽しみじゃな！」

「ここら辺でいいか！」

俺は焼き台を出して、肉をどんどん焼いていく。今日はシンプルにこの焼き台で肉を焼き、特製タレにつけて食べる。シンプルイズベスト！

広い焼き台の上に、ワイバーンにオークジェネラル、さらにはロックバードの肉を順に置き、焼いていく。大きな焼き台の上には、芳《こう》ばしい香りを放つ全ての肉が並ぶ。

みんなは早速口に入れて、顔を綻《ほころ》ばせた。

『美味いのだ！　このタレが最高に』

『はぁ……ティアは幸せなの！』

『ロックバードを焼いてこの甘辛タレをつけて食べるの、最高に美味しい！』

『オークジェネラルはこっちのあっさりタレだな！』

「肉を焼いただけじゃのに美味い……ワシ……ワシ……最高じゃ！　美味いのじゃー！

次はこっちのタレで食べてみるのじゃ！」

銀太とパールの尻尾がずっとブンブン回っている……ククッ。

美味いんだよな、分かる！

『はあっ……美味いっすねー、オークジェネラルがサッパリと何枚でも食べれるっすよ』

一号、二号、三号達は人化してるから、表情が分かりやすいな。

「んっ？　あれっティア、何で人化してるんだ！」

気づけば、ティアはスッポンポンで肉を必死に頬張っている。

『だってこの姿の方が、お肉を口にいっぱい入れて食べれるの！　ティアは幸せなの！』

あーあ……口の周りがタレでベッタベタじゃないか。

「なぁ三号？　何でもいいからティアが着れる服ないか？」

『う～ん。何でもいいの？　じゃあ……私のシャツを羽織《はお》っとく？』

三号がティアに服を着せてくれた。

さすがに真《ま》っ裸《ぱだか》で肉食べさせる訳にはいかないからな。近いうちにティアの洋服を買いに行こう。

ふと視界の隅《すみ》で何かが動いたので視線を向ければ、茂みの一箇所《いっかしょ》が揺れている。何だ？

銀太達が居るのに近付いてくる強者が居るのか？

茂みを意識して見ていると、小さな足が見える。

あれは人族の子供か？　こんな場所に子供？　俺は気になり、近寄ってみる。

茂みを搔《か》き分けると、やはり小さな子供が二人震えながら立っていた。とても幼い女の子と男の子が一人ずつ。しまった、急に近寄って驚かせちゃったかな？

「ええと……怖がらせるつもりはなくてだな？　そのっ……こんな所でどうしたんだ？」

「ごめしゃい……なぐるのや……」

「オレたちはいいにおいがして、見てただけなんだ。だからなぐらないで？」

子供達は両手で頭を庇《かば》うように覆《おお》う。

「なっ⁉　何言ってるんだよ！　殴《なぐ》る訳ないだろ？」

「だってオレたちはスラムのクズって……いつもマチのひとはなぐる」

街の人達は、スラムの子供達に八《や》つ当たりしてるのか？　最低だ。

でも……この状況を作った領主が一番悪い。

「いいか？　俺は絶対に殴ったりしない。お腹空《す》いてるんだろ？　こっちに来な、一緒に食べようぜ」

「え……いいによ？」

「そんなこと……ゴクリッ」

「子供は遠慮《えんりょ》するな！　さぁ行くぞ？」

俺は二人の子供達を抱《だ》きかかえる。

なっ、軽い……手にゴツゴツした骨の感触《かんしょく》がある。ガリガリじゃないか！

「お前達は何歳なんだ？」

「ミューはしゃんしゃい！」

「オレは七歳だ」

女の子と男の子が、それぞれ教えてくれる。

マジか……二人とも三歳と七歳には見えない。

「いっぱい食べろよ？　ええと、ミューと、お前の名前は？」

「ルート！」

男の子が元気に手を挙《あ》げた。

俺は両手で二人を抱き上げたまま、みんなの所に連れて行く。

「みんな～飛び入り参加のルートとミューだ！　仲良くしてくれよ？」

『主～、その人族達も肉祭りに参加するのか？』

「ああ！　だって肉祭りだからな！」

銀太とスバルが近寄って来た。

『お前達、ラッキーだぜ？　肉祭りは最高だからな！』

俺はルートとミューに言い聞かせる。

「コイツ等はみんな俺の大事な仲間なんだ。見た目は怖いかもだが、優しい良いヤツ等だから」

「もふもふしゃんがいっぱい♪」

ミューはどうやら怖くないのか、銀太に抱きついた。

「ほら？　肉食べな」

そう促《うなが》すと、二人は口いっぱいに肉を頬張る。

「ウメェ……肉なんてっ父ちゃんが死んでから食べてない……もぐ……」

「おいちっ！　にくまちゅり！　おいち！」

良かった……二人とも泣きながら必死に食べている。

そりゃお腹空《す》いてるよな。

「なぁルート？　お前達みたいな子供は、スラムにいっぱい居るのか？」

「もぐっ……ゴクンッ。うん！　いる」

「そうか……居るよな」

肉はダンジョンで狩《か》りまくったのが沢山ある！

なくなったら、みんなに頼んで狩ってきてもらったら良い。

この話を聞いて、何もしないなんてこと、俺には出来ない。

「よし！　決めた！　スラムでも肉祭りするか！」

★　★　★

カラン♪っと鳴り響《ひび》くドアを開け、俺は再び金物屋を訪れた。

「こんにちは」

「ティーゴ⁉　どーしたの？　焼き台に何か問題あった？」

店主のチャイさんが慌てている。

「いや、焼き台は最高だよ！」

「何だぁ……良かった、ビックリさせないでよね？」

チャイさんが頬をぷくりと膨らませ、腕組みをする。

「あはは、ゴメンな？　気に入ったからさ、アレと同じ焼き台を後二つ、今すぐ作ってもらいたくて」

「同じのを？　今すぐ⁉　一つ金貨四枚もするんだよ？　まだ二つも追加って……大丈夫なの？」

「運良く懐《ふところ》事情はいい感じなんだ」

「そうなの？　お金持ちぃ。でもさぁ？　そんなにいっぱい焼き台を作ってどうするの？」

チャイさんが意味が分からないと首を傾《かし》げる。

「その焼き台を使ってな？　スラムの人達に肉を焼いて、みんなで食べようと思ってるんだ。ただなぁ、人数が多そうだから、焼き台も後二つくらいあった方がいいかな？　って思って」

「それは……確かにスラムの奴等は喜びそうだけど、そんなに大量にお肉はあるの？　スラムの奴等、二百人くらいは居るよ？」

「二百人か！　それなら全然大丈夫だ。もっと多いのかと思ってたから！」

「はぁ⁉」

チャイさんが口をアングリと開けて固まってしまった。

人族の食べる量なんて、聖獣達と比べたら、たかが知れてる……二百人分なんて余裕だ。

「スラムの子供達のことは私も心配してたんだ。でもさ、私も自分が生きるので精一杯だからさぁ。……焼き台を作ることで協力出来るなら、急いで作らせてもらうよ！」

「ありがとう」

「また裏で待っててくれる？」

そうして、みんなで焼き台が出来るまで店の裏で待つことになった。

「もふもふしゃ……」

『我の毛並みはふわふわであろ？』

ミューが銀太に抱きついている。

ミューとルートはすっかり銀太達に馴《な》れたみたいだな。

それを横目に、俺は考えを巡《めぐ》らす。

俺が今から肉祭りをスラムでしたところで……一時的に飢《う》えを凌《しの》げるだけで、根本的な解決にはならない。

スラムのみんながちゃんと生きていけるように、お金を稼げるようにならないと。

うーん……いいアイデアないかな。

悩《なや》んでいると、チャイさんが裏口の扉を開けて出てきた。

「お待たせ！　いいのが出来たよ！」

「これは！　ツギハギじゃなくて一枚の大きな鉄板……？」

「そうなの！　気付いてくれた？　もうあの焼き台がなかったから、大きな鉄板を使ってチャチャっと作ったの。凄いでしょ？」

チャイさんが鼻息荒く、これでもかと後ろに仰《の》け反《ぞ》り、どうだと俺を見る。

「ブッ……ンンッ。最高だよ。ありがとうチャイさん」

思わず噴《ふ》き出しそうになるも、必死に堪《こら》えて礼を言う。

「えへへ」

「代金は前と同じでいいのか？」

「同じでいいよ。ありがとう」

「じゃあ金貨八枚な！　あっ……そうだ。チャイさんも時間あるならスラムに来てよ。お肉をご馳走《ちそう》するよ？」

「本当に？　嬉しい！　お店閉めて後から行くね」

「じゃあまた後で！」

アイテムボックスに焼き台を締まってから、俺はみんなを見渡す。

これで準備も出来たし！　スラム街に向かうか。

「ルート。スラムに案内してくれ」

「はい」

ルート達が住んでいる子供達のスラムは、大きな穴の一番底にあるらしく、人一人が通るのが精一杯の細長い橋を、何度も往復《おうふく》しながら下へ下へと下りていく。

下りながら横穴を見ると、確かに人が住んでいる……元々この穴は鉱山の発掘跡《はっくつあと》だったらしい。

子供達は俺達の存在に気づくと、横穴から顔だけ出してじっと見てきた。

一番底に下りてきたはいいけど……物凄《ものすご》く……臭い。土がドロドロしていて靴底《くつぞこ》に張り付く。

『主〜、我は鼻が曲がりそうなのだ……』

『クッ、クセエ……』

『ねぇ……ティーゴ？　この臭いの中で肉祭りをしても、食べる気がしないわよ？』

銀太、スバル、三号が顔をしかめている。

確かに、これじゃ食べる気がしない。鼻をつまんでも臭い。

『ならば我が浄化《じょうか》してやろう！　この臭い、もう耐えられぬ』

銀太がそう言うと浄化魔法を放つ。

パァァァァアーッっと地面が眩《まぶ》しく光り輝く。

数分もすると、汚《きたな》かった地面が綺麗《きれい》になり、さっきまでの臭いが全くなくなった！

『だが……この地面のままだと、時が経《た》つとまた臭くなるだろうな！　なら俺が土魔法で床を作ってやる！』

二号が張り切って床を作ると言い出した。

『二号は何か作る魔法が上手《うま》いんだよな！』

そんな二号をスバルは絶賛《ぜっさん》し、何を作るんだと興味津々《しんしん》。

「なっ……⁉　ちょっと待ってくれ……」

止める間もなく二号が魔法を発動し、地面がドンドン美しいレンガで敷《し》き詰《つ》められていく……。

こんな一瞬で作れちまうのか？

「二号！　スゴいよっ」

『こんなの一瞬だよ。地面を探《さぐ》ると水脈があったから、ついでに井戸も作っておいたぜ』

「ついでに井戸って……！　そんな簡単に⁉」

嘘《うそ》だろ？　井戸を作るにはかなり深く掘《ほ》らないとダメなんだぞ？

二号があそこに作ったと、指した先を見ると。

「……井戸だ」

しかもこの井戸は、下からポンプで水を汲《く》み上げなくても良いのか、水が自動で上まで溢れてきてる……どんな仕組みなんだ？

「井戸だぁ！」

「お水！」

急に綺麗になった地面に、はじめは戸惑《とまど》っていた子供達が、井戸を見つけ一斉に穴から出て来た。

みんな井戸に集まり必死で水を飲んでいる。

「お兄ちゃん。ありがとう……うっ、オレたちは水を飲むのも街の中まで上がらないとダメだから大変だったんだ」

ルートは泣きながら、何度も何度もお礼を言ってくれた。

そうか……この場所から何回も上に上がるのは子供にとって大変だよな。

ついでに子供達が住んでいる穴も綺麗にしてもらうか？

「二号！　子供達が出てる間に、穴も綺麗で頑丈《がんじょう》にしてくれないか？」

『余裕だな！　そんなのは一瞬だ、任《まか》せろ！』

穴の土壁が白亜《はくあ》色の花模様《はなもよう》のタイル壁に変わる。

そんなことも出来るのか？

「オシャレだな」

『こんなのは序の口だ！　俺は色々と作るのが好きなんだ』

「ありがとうな、二号。これはご褒美《ほうび》だ！」

俺は二号にトウカパイを渡す。

『おお！　やったパイだ』

『あっ？　ズルいぞ⁉　二号にだけパイあげて！』

スバルがパイに気づいて飛んで来た。

二号は自慢げにパイを見せびらかす。

『俺は地面と壁を綺麗にしたからな？　これはご褒美だ！』

『ご褒美⁉　なら我も浄化したのだ！』

今度は銀太がご褒美パイを寄越《よこ》せと、俺の腹に顔をぐりぐり擦《す》り寄せてきた。何だその可愛い仕草は。

「じゃあ銀太にもご褒美だな。はい」

『やったー！　パイなのだっ！』

『ぐぬぬ……ティーゴの旦那！　俺にも何か仕事くれよ！』

美味そうにパイを食べる二人を、スバルが悔《くや》しそうに見ている。

「分かった分かった！　考えておくから、後でな」

さぁて、肉祭りの準備をするぞ！

俺は新調《しんちょう》した焼き台を並べ、肉祭りの準備を始める。

「ルート！　他の子供達と一緒にこのスラムに居る人達をこの場所に集めてくれ！」

「分かった！　あつめる！」

ルートは井戸に集まっている子供達の所に走って行く。

その間に、俺はチャイに作ってもらった焼き台を三つ並べる。

一号と三号に焼くのを手伝ってもらい、二号と人化したスバルは焼いた肉を渡す係だ。

『主～、我のお手伝いの係がないのだ！　これだと我はご褒美が貰えないのだ！』

『ティアもないの！　係！』

「ワシもじゃ！　手伝えば……甘味のご褒美があるんじゃろ？　じゅるり」

銀太は大き過ぎて……下手《へた》に動くと邪魔《じゃま》になるだけだから何もしてもらうことがないんだよな。

ティアは小さ過ぎるし、人化しても役に立ちそうにない。

パールに至《いた》っては猫だ！　特別種って言っても……猫は猫だしな。

うーん……困ったな。

三匹がキラキラした瞳で俺を見てくる。うっ……何もないとか言えない。

「そうだ！　銀太とパールは警備《けいび》係！　変な奴が来たら懲《こ》らしめてくれ！」

『ほっほう。我は警備係か……中々カッコイイのう。この祭りを邪魔する者は全て、我が懲らしめてやるのだ！』

「ワシに任せておくのじゃ！　邪魔する者など排除《はいじょ》してやるのじゃ。その代わりティーゴよ。ご褒美は頼んだぞ？　ご褒美はパイが良いのじゃ！」

銀太とパールが張り切ってる……大丈夫かな？

『ティアは？　ティアだけ係がないの！』

「ティアはだな、一番重要だぞ？　その名も癒し係！　その可愛い姿でこのスラムの人達を癒してあげてくれ」

『可愛い姿！　むっふーっ、ティアは可愛いの！　癒し係頑張《がんば》るの！』

何だろう……三匹が張り切り過ぎて何かやらかさないか不安になってきた……。

おっ……何が起こってるのかと、ドンドン人が集まって来た。

この場所が綺麗に変わってるから、まずそのことにみんなビックリしている。

「なっ何でこんなに綺麗なんだ？　地面が……壁も⁉」

そして井戸に気づいて走って行く。

「水だー！」

水って大事だな。もう一つくらい井戸があっても良いかもだな……この地下の底は、直径三百メートルくらいあるからなぁ。

まぁ上を見上げたら……もっと広いんだが。

この大きな穴は、円錐形《えんすいけい》を逆《さか》さにしたみたいな形だな。

下に行く程に穴が小さくなる。

「あんたが俺達を集めて来いって子供達に言った人か？」

ボーっと考え事をしていたら、いつの間にか目の前には人集《ひとだか》りが出来ていた。

スラムのリーダーっぽい人が話しかけてくる。

「はっ……はい！　初めまして。俺はティーゴだ、よろしくな。今日は美味い肉をみんなと一緒に食べようと思って、集まってもらったんだ！」

「そうか、俺はこのスラムを纏《まと》めてるボルトだ。よろしくなティーゴ！　それで……肉ったって何もねーぞ？」

ボルトがコイツは何を言ってるんだとでも言いたげに、怪訝《けげん》そうに見てくる。

「あー……肉ですね。今から出しますね！」

俺はアイテムボックスから肉を出し、焼き台の上にドンドン並べていく。ボルトは突然現れた豪華《ごうか》な肉に驚き固まってしまった。

数分もするとジュワァー……ジュッ！　っと弾ける肉の楽しい音楽が広がっていく。

この音に引き寄せられたスラムの人達が、焼き台の周りに集まって来た。

「はぁ……肉の焼ける音が……堪《たま》らん！」

辺り一面に、肉の焼ける良い匂いが充満する。

「ほっ本当に良いのか？　俺達はみんなお金なんて持ってないぜ？」

ボルトが口元を手で押さえながら話す。どうやら垂《た》れ流しているヨダレを手で隠しているみたいだが……隠し切れてないぞ？　もう待てないよな？

俺はスラムのみんなに声をかける。

「みんなで楽しく肉を食べよう！　お金なんて要《い》らないよ！　今日は肉祭りだー！」

「「「ワァァァァー!!」」」

「「「肉祭りだー！　肉ー♪　肉ー♪　肉ー♪　肉ー♪　肉ー♪　肉ー♪」」」

肉の大歓声だ。

『先に子供と年配の人からだよ』

二号とスバルが肉を配《くば》ってくれる。

「おいちぃ……」

「──もう……わしゃ思い残すことはない」

「ウメェー、こんな美味い肉初めて食べたー、ありがてぇー」

みんな……泣きながら肉を口いっぱいに頬張って食べている。

「ティーゴ！　お言葉に甘えて来たよ！」

聞き覚えのある声がして、俺は振り返る。

「チャイさん！　この焼き台大活躍だよ！」

「良かった！」

「ところでさぁ？　このスラムってこんなに綺麗だったっけ？　壁に綺麗なタイルが張り巡らされ、地面はレンガブロックが敷き詰められてる……こんな……あれは井戸？　水が溢れてる井戸なんて初めて見た。スラムに何が起こってるの？」

「何が……かぁ」

全ては二号がやったことなんだけど……どう説明しようかな。

チャイさんが落ち着きなくキョロキョロしている。

「いや……だってね？　今のスラムが、昨日までの私の記憶とあまりにも違い過ぎて……」

「ええとだな？　俺の使い獣がしてくれたんだよ。土魔法が得意らしくて！」

俺が正直に話すと、チャイさんが目を剥《む》く。

「ココココこれッ!?　全て？」

「ブッ……ココココッってそうだよ！」

「いやいやいや！　あのねティーゴ、これは土魔法とかのレベルじゃないよ！　次元が違う！　こんなのを一瞬で作るとか！　だってスラムに水場は出来てるし、清潔《せいけつ》になってるし」

チャイさんが、綺麗になったスラムを慌ただしく歩き回りながら見ている。

そうだった。いつも凄いから何も思わなかったけど、確かにあり得ないよな、これ……

でも、説明するとなると長くなるし。

とりあえずチャイさんに肉を勧《すす》めとくか。

「まぁ、まずは美味い肉を食べてくれ。美味いぞー！」

焼けたばかりの肉をチャイさんに渡す。

「ありがとう。もぐっ……なっ！　何このお肉！　今まで食べたお肉の中で一番美味しい……焼いただけなのに」

チャイさんは夢中になって肉を頬張っている。

「じゃあチャイさんには特別に、俺の作った特製タレをあげよう。これにつけて食べてみて？」

「はぁ！　タレをつけて食べるとさらに美味しい。凄いわ……ところでこれは何の肉なの？」

「これか？　ワイバーンだな！　あとはオークキングとか……」

「ワワワワッ……ワイバーンって！　超高級レストランで一切れ金貨五枚はする……幻《まぼろし》のレア食材を惜《お》しみなく無料で配給するなんて……信じられない！」

チャイさんは皿に載《の》っている肉を、マジマジと凝視《ぎょうし》する。

「ゴクリッ……こんなレア食材を、スラムのみんなに無料で食べさせてあげるとか。もぎゅっ、アンタはハムっ何者よ」

チャイさんよ？　質問するか食べるか、どっちかに決めたらどうだ？

「俺は普通だよ。ただ……ほら、使い獣達が強過ぎて」

「あっそうか！　伝説のフェンリルが使い獣だもんね。ワイバーンなんて余裕だよね」

チャイさんはそーだったとパンッと手を叩く。

「そーいうこと。さぁ、ドンドン食べてくれ」

「ありがとー、では遠慮なく！　次はロックバードの肉にしよー」

ワイバーンの肉をもう食べたのか、空《から》っぽのお皿を持って三号の受け持つ焼き台の前に並んだ。よく食べるなぁ。

ん？　奥の……一番下に下りるための橋の辺りか？　何だ？　騒《さわ》がしいな。

「一号、三号！　ちょっと焼くの任せるな！　俺は気になるので向こうを見てくる！」

『『了解！』』

ザワザワと騒がしい所に走って行くと、黒焦《くろこ》げの塊《かたまり》が見えてきた。

銀太とパールもそこに居るな。

『主～、ちょうど良かったのだ！　いま呼びに行こうと思ってたところなのだ！』

「そうじゃ！　祭りを邪魔する奴らが下りてきたのでな、我等が炭にしてやったのじゃ！」

二匹はふんぞり返り、物凄いドヤ顔してるけど。

ちょっと待ってくれ……何があったんだ？

よく見ると、黒焦げの塊に見えていたのは、焼け焦げた騎士達だった。高そうな鎧《よろい》をつけているのが分かる。

おいおい……銀太達は余程のことがないと、こんな真似《まね》はしない。この人達、一体何をやって二匹を怒らせたんだ……？

「ほれ！　お主等が何をしようとしたのか話すのじゃ！」

真っ青で震えが止まらない一人の騎士が、パールに連れられて歩いてきた。猫に完全にビビっている。

見えない何かで拘束《こうそく》されている？

「ほれ！　さっさと話すのじゃ！　お主も炭にされたいのじゃな？」

「ヒィッ！　わわっ我々は領主様と共にこのスラムのクズっ、あや……人達を全て排除しに来たのです。すみませんでした！」

えっ……何て言った？

スラムの人達を排除……だと？　領主様と共に……？

「りょっ、領主だって？　どっ、何処に……」

『領主だと威張《いば》ってた奴はムカついたから、一番に炭にしてやったのだ！』

銀太が鼻先で地面を指す。えーっと……これは。

ああ……アレか。鎧を着ていない真っ黒な人らしい塊が、領主か……。

『主！　ご褒美のパイ♪　パイ♪』

「ワシはトウカパイが良いのう……」

銀太とパールはキラキラした瞳で俺を見てくる。

いやいやいや？

ご褒美パイじゃないでしょ！

確かに邪魔する奴は懲らしめてとは言ったけど、ここまでしてとは言ってないよ？

3　ハプニングの発生源

時は少し遡《さかのぼ》る。

肉祭りが穴の底で始まった頃、領主のゲスイー伯爵《はくしゃく》は騎士団を集めていた。

「今日はスラムの奴等を排除する！　皆分かっておるな！」

騎士団が武器と鎧を鳴らしてそれに応える。

ゲスイーはそれを見て満足そうに頷いた。

(我が領地にスラムがあるなど、国王様に見つかり色々と調《しら》べられるとまずい……早く排除しないと)

スラムの民を排除する。それはつまり、皆殺しにした上で、スラムそのものを埋《う》め立ててしまうということだった。

騎士を連れて街を歩くゲスイーだったが、ふと鼻をひくひくさせる。

「むっ？　何だ？　スラムから物凄く良い匂いがする！　いつもはヘドロのような臭いが漂《ただよ》っておるのに」

ゲスイーは鼻息荒く穴の淵《ふち》に駆《か》け寄ると、下を覗《のぞ》き見る。

目の良い騎士がその隣《となり》で底を見て、声を張り上げた。

「ゲスイー伯爵様！　スラムの地下で人が多数集まって、何かをしている様子」

「何か？　この美味そうな匂いに関係することか？」

「下りてみないと分かりませんが、そうではないかと」

「ワシも一緒に地下に下りて確認する！」

そう答えながらも、ゲスイーの頭の中は底から香る匂いのことでいっぱいだった。

（この、食欲をそそる匂いが気になって仕方ない）

穴の淵には街の人間も集まって来ており、ゲスイーは舌打ちした。

地下への通路に足をかけながら騎士の一部に指示を飛ばす。

「お前達はこの集まった者達《クズ》をどうにかしろ！　ワシは残りの騎士達と一緒に下り、匂いの原因を確認する！」

「はっ」

底に近付くごとに、食欲をそそる良い匂いが強くなる。

「皆の者！　急いで下に下りるのだ！」

地下に辿《たど》り着くと、見張りをしていた銀太が、ゲスイー伯爵達目掛けて走って来た！

「ギャァ！　フェンリル！　騎士団よ、ワシを守るのだ！」

それを見たゲスイーは、そそくさと騎士の後ろに隠れる。自分のことしか考えていない勝手な男だ。そんなゲスイーに、銀太が話しかける。

『お主等は何故ここに、そのような武装をして来たのだ？』

「ななな っ？　何でって、スラムのクズを排除するためですよ！　フェンリル様なら分かってくれますよね？」

『何でスラムの住人《こやっ》等がクズなのだ？』

「そっ……それは、納税しないし、街にとって何の役にも立たないからです！　だからこんなゴミ連中は死んだ方が街のため。私達は害虫を駆除《くじょ》しに来ただけです！　フェンリル様のご迷惑になるようなことはしませんのでご安心ください」

媚《こ》び諂《へつら》うように笑うゲスイー。

『ほう……では聞くが、お主は何の役に立っておるのだ？』

銀太が冷めた目で睨《にら》む。

その内心を汲み取れないゲスイーは、何でそんな質問をするのだと首を傾げた。

「はっ？　私をスラムのクズ達と一緒にしてもらったら困りますな？　ゲスイー伯爵とスラムのクズでは立場が違いますからねぇ？　見て分かりますでしょう？」

『この場所にはスラムの者でないのもおるが、其奴《そやつ》等はどうするのだ？』

「スラムのクズ達と一緒に居る人間など、クズ同然！　一緒に駆除ですよ！　考える価値なし」

「よし、銀太、此奴《こやつ》はクズじゃ！　排除するのじゃ！」

突然足元から声がして、ゲスイーは咄嗟《とっさ》に下を見る。そこに居たのは一匹の猫――パールであった。

状況が呑《の》み込めないでいるゲスイーをよそに、銀太はパールの声に答える。

『分かったのだ！』

大きな雷《いかづち》がゲスイーの頭めがけて落ちる。

ゲスイー伯爵は、一瞬で炭になった……。

それを見た騎士団が慌てて逃げ惑《まど》う。

「銀太！　彼奴《あやつ》等も五月蝿《うるさ》いのじゃ！　一人残して排除するのじゃ！」

銀太の背中に乗ったパールが指示を出す。

『一人残して？　分かったのだ！』

パールの指示通り一人を残し、騎士団全てに、炎を纏った雷が落ちる。

生き残った騎士をパールが魔法で拘束して脅《おど》しをかける。

「おい？　何故こんなことになったのか、お前達の悪行を、今から連れて来る人族に全て話すのじゃ！　分かったな？」

「はっはいい！」

「もし、その時に、お前達の悪行をちゃんと話さなかったら、お前も此奴等と同じく、炭にしてやるのじゃ！」

「ヒョッ……！」

恐怖で男の喉《のど》が詰まる。

★★★

泣きながら白状《はくじょう》する騎士の話を聞いて、俺は大体の事情を理解した。

「パール！　銀太！　いくらスラムの人達を皆殺しにしようとしたからって、領主様達を炭にしたらダメだよ！」

「此奴等を懲らしめるんじゃろ？　安心せい、後でリザレクションで生き返らせてやるわい。そうすれば、体が死の恐怖を覚えておるはずじゃ！　この糞《くそ》領主はスラムの人間達を殺して排除するのを、虫を殺すような感覚で話しておった。じゃからこそ、自分が一度ゴミ屑《くず》のように排除されてみたら、分かると思ったのじゃ」

なるほど……パールはそんな風に考えてたのか。天才的な考えだな。……猫だけど。

「でもやり過ぎだからね！」

「じゃから、すぐにワシがリザっ……ゲフンゲフンッ！　さっ、三号にリザレクションしてもらうかの！」

「えっ……何で三号がリザレクションを使えることをパールが知ってるの？　ってか、そもそも何でリザレクションのことを知ってるんだ」

「ワシが知らん訳な……あっ！　そっ、その……三号がリザレクションのことを自慢してたのじゃ！　そうそうっ」

「三号が？　そっか、なるほどな！　でも三号には今、肉を焼いてもらってるから銀太にお願いするよ」

三号も自慢とかするんだな……意外だな。

『ぬ？　何で生き返らせるのだ？　此奴等はここにいるみんなを殺しに来ておったのだ！主のことだって……そんな奴に魔法を使うのは嫌じゃ！』

「えっ……銀太⁉　嫌って……頼むよ！」

銀太はそっぽを向いたまま俺の方を見ようとしない。自慢の尻尾も元気なく垂れ下がっている。

『………』

もしかして、領主が俺まで殺そうとしたと思って怒ってるのか？

それは嬉しいけど……。

「銀太！　頼むよお願い！」

『……嫌なのだ！』

俺の方を見ずに断《ことわ》る銀太。これは大分ご機嫌斜《なな》めだぞ。

困ったな。悪人でも一応領主様だからな。それに罪を償《つぐな》ってもらわないとだし。これは奥の手を使うしかないか。

「あー……っ！　生き返らせてくれたらなぁ。銀太にだけ特別な甘味をあげようと思ってたんだけどなぁ。そっかぁ、銀太はいらないのか……」

下がっていた銀太の尻尾がピクリと動く。

『特別な……甘味？』

耳もピンッと立ち、俺の次の言葉に集中している。

「そうだなぁ……フルーツパイにトウカの蜜漬《みつづ》け載せ！」

「なっ何じゃ！　その美味そうな魅惑《みわく》のパイは！　ワシもそれが良い！　絶対にそれじゃ！」

おいおい、先にパールが反応しちゃった。俺の足元に飛んで来て、肉球でポムポムと膝《ひざ》を叩いてくる。

「分かったよパール！　ちゃんとお前の分もあるから」

『そのパイは……いっぱいくれるかの？』

銀太はチラッと横目で俺を見ると、我慢《がまん》の利《き》かない尻尾が、ご機嫌に揺れ出した……ぷぷっ、もう一息だ。

「もちろん。いっぱいだ！」

『分かったのだ！　約束じゃ』

《リザレクション》

銀太は辺り一帯に魔法を放つ。

すると……炭になっていた騎士達の姿が、傷一つない姿で蘇《よみがえ》る。鎧などは焼け焦げているため、自分達に何が起こったのかと、まだ理解が追いつかないようだ。

「おいそこのお前！　早く説明せんか！　何のために生かしておったと思うとるのじゃ！」

パールが生かしておいた騎士に、この場の説明をしろと言っている。

だから一人だけ生かしていたのか。ほんと賢《かしこ》いな。

「我々は一度、全員皆殺しにされたが！　このフェンリル様が生き返らせてくれた」

その言葉に、静まり返っていた現場が騒然《そうぜん》となる。

「……一度死んだ？」

「生き返らせ……？」

「何を言って……⁉」

「「「あっ！！！」」」

皆、自分達の焼け焦げた鉄の臭いのする鎧を見て理解する。ただ一人を除《のぞ》いて。

「こっ、このっ、ゲスイー様にこのような仕打ち！　許されることではない！　皆、此奴を……この主犯の男を捕《つか》まえるのだ！　フェンリルには関わりたくないからな、この男で鬱憤《うっぷん》を晴らしてくれる」

えっ？　主犯の男って俺のことか？

それに領主様。心の声が全開でダダ漏れになってますよ？

『ほう……我の主を捕まえるだと？　どうやらお主は、もう一度炭になりたいらしいのう？』

「ヒィッ！　ああっコチラのお方は、フェンリル様のご主人様でしたか！　とんだ失礼を！」

銀太の言葉に震え上がる領主。

「おい領主よ！　もう二度とこのスラムに関わるでない！　もしこのスラムの人間達に何かしたら、お主の住んでおる伯爵邸ごと！　消してやるのじゃ！」

さらにパールが追い打ちをかけるように脅す。見た目は可愛い猫なのに、この場にいるみんながその迫力《はくりょく》にビビっている。

「にっ、二度とスラムには手を出しません！」

ゲスイーは地面に頭を擦《こす》り付ける。

「分かったらさっさと帰れ！　お主の汚い尻など見たくないのじゃ！」

「えっ……尻？　ぎゃわっ！　服が！」

やっと自分が全裸《ぜんら》なことに気づいたのか、慌てている。

領主だけ鎧を着ていなかったので、衣類は焼け焦げ消失し、リザレクションを掛けられた時に一人全裸で蘇った。

散々《さんざん》裸で喋っといて、今更《いまさら》なんだが。

「おいお前！　その鎧を寄越せ！」

「えっ！　いや……私も服が焼け、鎧の中は裸で……」

「いいから寄越せ！」

全裸のおっさんが騎士の鎧を必死に奪おうとしている。

「ブッッあはははは」

ヤバイ……面白過ぎる。

「ぐっ……ぐぬう。ワシを笑うとは……早く帰るぞ！」

騎士から奪ったツギハギの鎧を着たゲスイー伯爵は、黒焦げの騎士団を引き連れ帰って行った。

「「「ワァァーーーー!!」」」

ゲスイー達が立ち去ると、スラムの中で大歓声が巻き起こった。

「ザマァ見やがれ！　ゲスイーの奴めっ！」

「ぷっ……全裸で走り回って……ククッ」

「あーっスッキリした！」

気が付くと俺達の周りには、スラムの人達が全員集合していた。

「ありがとうティーゴ！　俺達のスラムを守ってくれて！」

リーダーのボルトが深々と頭を下げて、俺達にお礼を言う。

「いやっ、俺は何もしてないんだ。お礼はこの、銀太とパールに言ってくれ！」

「そうか！　ありがとうございます」

スラムの人達が銀太とパールの前に集まりお礼を言う。中には泣いている人も居る。

銀太は尻尾ブンブンで嬉しそうだな。

パールは照れ臭いのかちょっと困っているのが分かる。

とりあえず、スラム街を守れて良かった。

4　スラムに湯屋《ゆや》を作ろう

ゲスイー伯爵達が嵐《あらし》のように去って行った後は、肉祭りの片付けをし……今はスラムを住みやすくしよう計画を実行中だ。

二号が水脈を探って、井戸をもう一つ作ってくれている。

あっという間に二つ目の井戸が完成した。手際《てぎわ》の良さに感心する。

「器用に作るもんだな」

井戸を作り終えた二号が戻って来た。

『ティーゴ！　水脈を探ってたら、面白いものが見つかったぞ！』

無表情な二号には珍しく口元が少し綻んでいる。どうやら楽しい話らしい。

「面白いもの？」

『ああ！　源泉《げんせん》だ！』

「えっ……なんだって！　源泉があるってことは温泉が作れるってことか？」

『そういうことだ！　この場所に湯屋を作ったらどうだ？』

湯屋か……それならスラムのみんなも風呂に入れるし、新たな収入源にもなる！

「最高だよ！　二号、お前は本当凄いよ！」

二号の頭をわしゃわしゃと撫でると『む？　これくらい余裕だ』とポツリ呟《つぶや》き、二号は照れて下を向いてしまう。

「どんな湯屋を作ろうかなぁ……」

『そうだな……』

俺達の話を聞いていたパールが、したり顔で口を挟《はさ》んできた。

「湯屋とは良い考えじゃのう。このスラムの発展に繋《つな》がるじゃろうの！　どうせなら豪華な湯屋を作るかのう」

『豪華な湯屋？　それは面白そうだな！』

パールの話に二号も食い付いてきた。

「豪華な湯屋を作るかのう……ってパール？　どんな湯屋を考えてるんだ？」

「そうじゃのう……例えば宿泊も出来るような湯屋とかはどうじゃ？」

「そんなの作れるのか⁉」

「街にある森の木をチャチャッと伐採《ばっさい》してきてじゃの。後はワシがまほっと……ゴホンッ！　二号が魔法で施設を作ったらいいんじゃよ！」

『任せておけ！　俺が最高の施設を作ってやるぜ！　楽しみだな。どんなデザインにしようかな？』

「ははっ」

二号がワクワクしている。

三匹の中では一番寡黙《かもく》な二号だけど、何かを作ったりする時はよく喋るんだな。

そしてパールは本当に頭が良い。猫の中に別の何かが入ってるんじゃ？　って思ってしまう。ってか、絶対にそうに違いない。

「さぁ！　北の森に木を伐採しに行くのじゃ！」

『よしっ行くか！』

★　★　★

「二号？　どれくらい木を伐採するんだ？」

北の森に着いた俺達は、開けた場所を確保した。俺の質問に、二号は森を見渡しながら考える。

『そうだな……三階建ての施設を作りたいからな。まぁまぁ必要だ。みんな！　沢山の木を切って来てくれよ！』

『任せるのだ！　丸太のままで良いのか？』

『そうだな、そのままで大丈夫だ！　この場所に集めてくれ。俺が加工していくよ！』

銀太と二号のやり取りを聞いていたスバルは、胸を張ってアピールする。

『なら簡単だ、任せとけ！　銀太よ？　俺が一番だ！』

『ぬぅ！　負けんのだ』

銀太とスバル、それに一号と三号は木を伐採しに行った。

俺とティアは何もすることがなく、二号の作業を見ているだけ。

パールは現場監督《かんとく》のように、二号に色々とアドバイスをしているみたいだな。猫がね……もう深く考えるのはやめたけどな。

アイツは絶対に猫のような別の何かだ。

『ティアは暇《ひま》なの！　何かしたいの！』

「何かって……俺もすることないしなぁ。そうだティア、おいで？　ブラッシングしてあげる」

『やったなの！　嬉しいの』

ティアが俺の膝の上にちょこんと座る。

俺がティアをブラッシングしている間にも、目の前に丸太がドンドンと集まって来る。

それを器用に二号が色々な形に一瞬で加工していく。

「もう十分集まったのではないか？」

加工した木材を見て、大丈夫だとパールが言う。

『そうだな……もういいか。さぁ！　スラムに帰って豪華な湯屋を作るぞ！　ああっ楽しみだな』

『では……この木材をスラムに転移させるかの？』

銀太が木材を転移させると言い出したので、俺は慌てて止めに入る。

「銀太、ちょっと待って！　突然こんな木材が現れたら、スラムの人達がパニックになるよ。アイテムボックスに収納して持って行こう？　なっ？」

『そうなのか、分かったのだ』

どんな湯屋が出来るんだろう……楽しみになってきた。

★　★　★

スラムに転移して帰って来ると、伐採した材料を何処に置こうかウロウロと歩く。

このスラム街の穴の底まで下りるのが意外と大変だ。

五つの細長い交差する橋を順番に渡っていかないと、底に辿り着けない。

この辺鄙《へんぴ》な場所に、湯屋を作ってお客様に来てもらうためには、もっと簡単に上り下り出来る手段を考えないといけないな。

「ティーゴ！　今度は何をする気だ？」

ボルトさんが不思議そうな顔をして、俺達の所にやって来た。

「湯屋を作ろうと思って」

「ゆっ……湯屋だって？　ここにか？　作れるのか……そんなすげーのが」

「ああ！　井戸を作る時に、この地下に源泉を見つけたんだ！　湯屋が出来たらスラムのみんなが働ける場所が増える。さらにみんなが風呂にも入れて、いいことばっかりだ！」

「あっ……ああ……ティーゴ。お前達は何者だ？　俺達のために神が遣《つか》わせた天使なのか？」

　ボルトさんがとんでもないことを言い出しやがった。そんな訳ないだろ！

「大袈裟《おおげさ》だ！　天使って……恥《は》ずかしいこと言うなよ」

「うっ……すんっ。だってよぉ……俺達スラムの奴は、街の奴らから……ずっと……クズ扱《あつか》いだった……俺達だって鉱山で発掘の仕事をしてるのに、家がないから……この横穴に住むしかないだけなのに……それにスラムってだけで女子供は仕事がない……ううっ……」

　ボルトさんは話しながら泣き崩《くず》れる。余程今まで我慢してきたんだろう。

「……俺達のことを本気で心配し、何かしてくれたのはティーゴ！　お前が初めてなんだ。俺達はお前がスラムに来てから幸せばっかり貰ってる！　本当に……本当にありがとう」

　ボルトさんはひしっと俺の両手を握《にぎ》りしめると、涙を滝《たき》のように流し、何度も何度もお礼を言ってきた。

「俺に出来ることは、何でも言ってくれよ？　どんなことでも手伝うから」

「分かったよ。何かあったら頼むよ！」

大きくお辞儀《じぎ》をして、ボルトさんはスラムの仲間の所に戻って行った。

俺がボルトさんと話し込んでいる間に、パールと二号は湯屋を何処に建築しようかとスラムを散策していた。

『この場所はどうだろう？　スラムの一番端《はし》だし邪魔にならないかなと思うんだが』

「ふうむ……そうじゃの。この場所なら開けておるし、周りに何もないからちょうど良いじゃろう」

『よし！　この場所に豪華な湯屋を作るか』

「うむ！　それに湯屋だけじゃなくて、ついでにスラムの奴等が住める家も作るか」

パールは先程のスラムの人達の様子を見ていて、何か思うことがあったようだ。

スラムの北寄りにある、周りに横穴も空《あ》いてない一角に、二号が器用に魔法で木を組み立てていく。

それを見たパールが、うんうんっと頭を上下に振り感心している。その姿はまるで二号の師匠《ししょう》だ。お前は猫だろう？

「おお！　二号……お主、木の組み立てが上手になったのう」

『大分練習したからな！　今ならどんな建物も作れるさ。上手になったって……パールは俺が作るのを見るのは初めてだろ？』

「あっ、そうじゃった！」

パールが頭に手をやり困った表情をする。本当に表情豊かな猫だ。

『ふふっ。変な猫だなお前は！　何でだろうな……パールと話してると、あの人を思い出す……見た目は全く違うのにな』

「んん？」

『何でもない。さあ作るぞ』


数時間もすると、木の骨組みが出来上がった。

『よし、これに土魔法で豪華な壁を作っていくぞ……』

急に見たこともない大きな建物が突然現れたので、スラムの人達が集まって来た。

「ねえ、ティーゴ。何が出来るんだ？」

ルートが俺に駆け寄って来て、足にくっつく。

「おおっ、ルート。これは湯屋だよ。お前達のための大きな風呂だ！」

「オレたちの？　ゆや……？　オレふろに入れるのか」

ルートがさらにキツく抱きついて来た。

「ティーゴありがとう。ふろに入れるなんてゆめみたいだ……ううっあっありがとう……ありがとうっ……うっ」

ルートが泣きながら、お礼を何度も何度も言う。

「ルート……」

俺は泣きじゃくるルートを抱きしめ、頭を撫でてやる。

「ルート？　俺達でこのスラムを住みやすくしてやるからな？　楽しみにしとくんだぞ？」

俺がルートと話をしている間にも、ドンドン豪華な湯屋は出来上がっていく。

集まったスラムの人達は、大きな建物を見て口々に何だ？　と騒いでいる。

そして、さらに数時間後。

「何だ？　これは……本当に湯屋……なのか……？」

信じられないが、俺の目の前には、見たこともない形をした三階建《だ》ての豪華な施設が建っていた……。湯屋ってこれがか？

「次は内装じゃの！」

『よーしっ！　まずは風呂だな！』

パールと二号が楽しそうに施設の中に入っていった。

★　★　★

なぁパール。これは本当に……湯屋なんだよな？

湯屋を作り始めてから一夜明けて。完成した湯屋を、今からみんなで見学に行くのだが、これは俺の想像していた湯屋じゃない。

これは何なんだ？　恐ろしくデカい建物がこれでもかと存在感を放っている。三階建てと聞いていたが、一階ごとの天井が相当高く、実際にはもっとあるように見えた。金に塗《ぬ》られた壁が、空からの光を反射してキラリと光る。外観《がいかん》だけなら城みたいだ。

唖然《あぜん》と湯屋らしき建物を見ていたらボルトさんが近寄って来た。その表情は引きつっている。

「なぁ……ティーゴ。お前達は湯屋を作るって言ってなかったか？」

完成した湯屋を見て、ボルトさんが何度も視線を上下にし、あまりの大きさにキョトンとしている。その気持ちはいたく分かる。

「湯屋だけど……どうやら宿泊も出来る湯屋らしいぞ？　俺も中はまだ見てないんだ。ボルトさん、一緒に中を見て回ろうぜ」

「おっ……おお??　宿泊も出来るのか」

ボルトさんがそう言うと、二号が得意げに前に出てきた。

『中の案内は俺達に任せてくれ！　かなり拘《こだわ》って作ったからな！』

「そうじゃ！　楽しみにしとくのじゃ」

二号とパールが早く見てくれと張り切っている。二匹で色々と相談して作ったみたいだ。

『どんな湯屋が出来たんだ？　俺も楽しみだぜ！』

『我も楽しみなのだ……二号は中々やるのう』

スバルと銀太は、二号達が湯屋を作っている間、スラムの子供達と楽しそうに遊んでいたから……どんな湯屋が出来たのか全く知らない。

『あっしはこんなお城みたいな湯屋が出来るとは思わなかったっす』

『本当よね……手伝ってた時は、こんなのが完成するなんて思わなかったわ』

一号と三号は手伝っていたみたいだけど、湯屋の全貌《ぜんぼう》は分かってないみたいだな。

『ティアも楽しみなの♪』

ティアはずっと俺の肩の上に座ってたので、俺と同じで全く出来上がりを知らない。

「じゃあ中に入るか！」

大きなガラス扉を開けて中に入ると、まず初めに広い玄関ホールが目に入る。

「ここはじゃの！　右側が風呂に行く受付で、左側が宿泊の受付になっておるんじゃ！　真ん中はのんびりと寛《くつろ》ぐ場所にでも使うのがお勧めじゃ！」

パールがこれはこう使うのだと、施設の説明をしてくれる。

寛ぐ場所には大きなソファがいくつも並べてあった。

『ティアはこの真ん中の場所が気に入ったの！　のんびりするの！』

「右側が……受付……寛ぎ」

ボルトさんが説明を聞いて、必死にメモをとっている。

どうやら後でスラムのみんなに湯屋の説明をして、雇用《こよう》などをどうするか決めるらしい。

『では俺のイチオシでもある、メインの風呂に案内しよう！』

俺達は、人型なのに嬉しさのあまり、尻尾がぷりぷりと揺れてそうな二号の後をついて行く。

受付の前を横切って、広くて長い廊下《ろうか》を歩いて行くと、風呂場の入り口に行き当たる。男湯と女湯に分かれており、中に入ると脱衣室も寛げるようになっていて、シンプルで清《せい》潔感《けつかん》のある作りだった。

メインの湯船はと言うと。

「一体……どれだけあるんだよ！　風呂の数。それに何だ、この広い風呂は！」

広い空間に仕切られた色々な風呂が目の前に並ぶ。

「せっかくの風呂じゃ。色々と楽しみたいじゃろ？」

『そうなんだ！　だからテーマを決めて、六種類の風呂を作ってみた。一つ目は石や岩で出来た風呂。二つ目はタイル張りの美しい風呂。三つ目は木で出来た風呂。次は外だ！　四つ目は滝が流れてくる風呂。五つ目は森の風呂。六つ目は横になれる浅い風呂。この六種類だ！』

ふふっ、二号の奴、嬉しそうに話すなぁ。いつも寡黙《かもく》なだけに余計にそう思うのかもな。

「ワシ等で相談して決めて二号が全て作ったんじゃ！　中々良いじゃろ？　しかも、この風呂には凄い秘密があってじゃな？」

「秘密？」

パールが鼻の穴を膨らませ得意げに話し出した。

「それはじゃな？　あの岩で出来た湯船に浸《つ》かると、新たなスキルが貰えるんじゃ」

『そうそう！　それに、外にある滝がある湯船に入ると、ステータスが二倍に上昇するんだ』

「えっ⁉」

コイツ等何を言ってるんだ？　スキル増加にステータス上昇⁉

「ちょっと待ってくれ⁉　急に理解が追いつかないぞ？　湯船に浸かるだけでスキルが貰えるとかどう考えてもあり得ないだろ？」

『それはだな？　このパールが偶然《ぐうぜん》レア鉱石を見つけたんだよ！』

二号がパールをチラリと見る。するとパールは「ぐふふ、そうなのじゃ」とふんぞり返る。

「ワシがチョチョイっと見つけてやったんじゃよ。こんなのを見つけるのはワシからすればよゆっゲフンゲフン。まっまぁ、偶然見つけたんじゃ」

偶然そんな凄い鉱石が見つかるのか？　そんなもんなのか？

『その鉱石がチェイン神石《コウセキ》って言うんだが、それに魔力を与えると、色々な効果を生む石へと変化するんだ。それで、こんな面白い効果を生む石になったんだ。それを湯船につけたんだよ』

「まぁ言うてじゃ、その効果は一時間しか持たんがのう。それが少し残念じゃが」

『そうだよな』

二匹が残念そうに語るが、いやいや、一時間だけだとしてもスキルを得られたり、ステータスが上がったりするなんてだな？　凄いとしか言いようがない。これは絶対に流行《はや》る湯屋になるぞ！

「……最高だよ！　あんな短い時間で、こんな湯屋が作れるなんてお前等天才だよ！」

俺は少し興奮気味に二匹の頭を思いっ切り撫でまくった。その横で話を聞いていたボルトさんが目を白黒させて驚愕《きょうがく》している。

「ああ……信じられない。これは現実なんだよな？　俺は夢の世界にいるんじゃねーよね？　幻とかじゃねーよな？」

ボルトさんは何度も目を擦っていた。そりゃそうだろうな。こんな短時間で出来上がったのがこれだもんな。信じられねーよな。

パシャッパシャッ。

「んっ？」

水音がすると思ったら、銀太とスバルが外にある滝の風呂に入って遊んでいた。

「わっ、銀太にスバル!?　お前達！　なに勝手に風呂に入ってるんだよ！」

『こんな楽しそうな風呂に入らぬなど、我は我慢出来ぬ！　むっ？　なんじゃこれは、我のパワーが張《みなぎ》っておる！』

『ほんとだ！　なんだこれは？　今ならなんでも出来そうだぜ』

銀太とスバルが興奮している。滝の風呂はステータス上昇風呂だからな。

二匹のステータス値を神眼《しんがん》で確認したら、全てのステータス値が二倍になっていた。凄過ぎるだろ。SSSランクの聖獣が二倍の強さになるとか、脅威《きょうい》でしかないぞ。

これは凄過ぎてやばい湯屋が完成したな。

まぁ……凄いってことも分かったし、驚いてばかりじゃなくて俺も湯船に入るか。

「よし！　風呂に入ろ。ボルトさん、俺達も入ろうぜ」

「そうだな！」

『じゃあ私達も……』

そう言って一号達が服を脱《ぬ》ごうとするので、大急ぎで止める。ボルトさんも驚いてるだろ⁉

「一号、二号、三号！　人化してるだろ？　お前達は女湯だ」

『えー……あっ！　でも女湯も見てみたいし……二号！　案内して！』

『任せとけ！』

二号に案内され、一号達は慌ただしく女湯に走って行った。

ふぅー……気持ち良いなぁ。

やっぱり風呂は最高だな。

ふと洗い場を見ると、

「あっ……体や頭を洗うのがない」

シャンプーとかの小物がいるなぁ。初めに使うシャンプーとかは、俺が寄付《きふ》しようかな。

次からは湯屋の売り上げで買ってもらうことにして。

「ん?」

売り上げが出て儲《もう》かり出すと……あの領主が湯屋を取り上げに来そうだよな。

今は俺達が居るから来ないだろうけど、ずっとこの街に滞在《たいざい》する訳にもいかないし。セロデバスコから立ち去ると……なんかしそうだな。

うーん。あの領主どうにかしないと。

★　★　★

風呂から出ると、まだ一号達は女湯を楽しんでいるみたいなので、俺達は玄関ロビーのソファに座って寛ぎながらみんなを待っていた。

『気持ち良かったのだ……我は【大食い】って変なスキルを得たのだ』

『サッパリしたなぁ。俺はスキル【大袈裟】を得たみたいだけどさ？　何の役に立つんだろうな？　まぁ一時間で効果がなくなるらしいから、早く試《ため》してみたいんだが……あふっ、眠《ねむ》いぜ』

『最高なの！　ティアは【フルーツマスター】ってスキルを貰ったの』

銀太達は大きなソファでゴロンっと、気持ち良さそうに体を伸《の》ばし、腹を見せて寝そべっている。

「ほらみんな、喉渇《かわ》いただろ？　フルーツジュースを飲んでくれ。今日は七色の味がするレインボーマスカットを搾《しぼ》ったジュースだぜ！」

『やったの♪　ティアはジュース大好きなの♪　ゴクッ……イチゴみたいな味！　不思議なの』

『俺のはリコリみたいな味がする！』

『我は……何か甘くて酸《す》っぱいのだ』

「レインボーマスカット……不思議じゃのう。美味いのじゃ！」

美味しそうに飲む銀太達を見て、欲しそうに指を咥《くわ》えて見ているボルトさん。

「ボルトさんもどうぞ」

「おっ俺までこんな高そうなジュース、貰っていいのか……？　ウメェ！」

みんなで仲良くジュースを飲んでいると、一号達も風呂から出て来た。

『ちょっと！　何飲んでるの？　私も欲しい！』

パタパタッと長い廊下を俺達めがけて走ってくる。


ゆったり寛いだ後に、次は上の階に作られた宿泊施設を見せてもらった。

部屋にはシンプルなベッドだけが置いてあり、布団やソファなどはまだなかった。

家族用の広い部屋などもあり、これなら色んな客層の需要《じゅよう》がありそうだ。

ボルトさんが湯屋の売り上げで、部屋の布団などを揃《そろ》えていくと張り切っていた。

「みんな！　本当にありがとう。俺はこの湯屋のことを、スラムのみんなに今から話してくるよ！」

お風呂で艶々《つやつや》になったボルトさんは、仲間の所に走って行った。

そうだな……お布団とかはジェラール商会のイルさんにまた聞いてみよう。

みんながせっかくやる気になっているんだ。絶対にあの領主に邪魔はさせない。


湯屋を出ると、一人あたふたしている女性の姿があった。

あの女性は……！

「おいおい……？　スラムが凄いことになってるって話を聞いて飛んで来たら……何なのこれは？　湯屋？」

「アメリアさん！」

ギルマスのアメリアさんが、スラムの様子を見に来ていた。

「ティーゴ！　これは……貴方《あなた》達の仕業《しわざ》なの？」

「俺って言うか……聖獣達が全て作ってくれて」

「作ってくれた？　一日で？　これを？　わっ……井戸まで出来てる。しかもこの井戸！　街中にある井戸よりいいじゃないの！　水が溢れてる！」

アメリアさんは新しくなったスラムを興味津々に見て回る。

「ティーゴ！　これは人に出来る仕事じゃないわ。土が腐敗《ふはい》して臭かったスラムの地面……レンガが敷き詰められて綺麗になっている……土壁は綺麗なタイル張りに……そして！　このバカでかい施設！　これは本当に湯屋なの？」

「俺の聖獣達が張り切って作ってくれて……こんな豪華な三階建ての湯屋が出来ました」

「イヤイヤイヤ⁉　張り切って出来るレベルを超《こ》えてるから？　聖獣って言うのは神に近いの？」

確かに俺の聖獣達はみんなが凄過ぎる……神レベルなのかもしれない……。

「湯屋の中も見ますか？」

「もちろんよ！　当たり前じゃない。こんな豪華な湯屋、見ずにいられないわ！」

俺とアメリアさんは湯屋の玄関ホールに入る。

「なっ…………⁉　これは？　本当に湯屋なの？」

分かる、分かるよアメリアさん！　俺もその反応したよ。

湯屋としてはあり得ない広さだよな。

「こっちがお風呂なんだ。湯船も色々と聖獣達が考えて作ってくれて……」

「あっあわ……」

湯船を見たアメリアさんは固まってそのまま動かなくなった。

「ティーゴ⁉　これは湯屋なのか？　私が知っている湯屋とはもう別物だ！」

「俺もそう思うけど、これは湯屋なんだ！」

「そっ……そうか」

アメリアさんは色々な変わり湯船を見て、ゴクリッと生唾《なまつば》を呑み込む。

「ティーゴ？　そっ……その……私は……ちょっと……湯船を試してみても良いかな？」

アメリアさんが湯船に入りたくてソワソワしている。その気持ち、凄く分かる！

「分かった。じゃあ俺は玄関ロビーで待ってるよ！」

その後、一時間くらい俺がロビーのソファで寛いでいたら、頬を桃色に染《そ》めたアメリアさんがやって来た。

「ティーゴ、この湯屋は最高だ。こんな湯屋を知ってしまったらもう……他の湯屋には入れない！　ああっ毎日入りたいくらいだよ！」

「気に入ってもらえて良かったよ。この湯屋は、スラムのリーダー、ボルトさんが仕切ってくれるから。詳しいことはボルトさんから聞いてくれ！」

「ああっ……ボルトね！　了解よ。また後で話を聞いてみるわ。でも……領主に気をつけないと。この湯屋が見つかったら絶対に奪いに来るわよ？」

「そうなんだよな……それが問題だ。何か良い案を考えないとな」

「そうね」

二人でうんうんと、いい案はないか考えていたら、アメリアさんが何かを思い出したのか、手をポンッと叩く。

「あっ！　そうそう。ティーゴには別の用があったのよ！」

「えっ……俺に用？」

ギルマスが俺に用とか、嫌な予感しかしないんだが。

「ドヴロヴニクのギルマスが、ティーゴに大事な話があるらしくて！　ティーゴに会ったらそう伝えてくれって、全てのギルドに一斉に連絡があったの！」

「俺に？」

ドヴロヴニクは俺が二年間暮《く》らした街だ。このヴァンシュタイン王国で一番発展していて、冒険者の知り合いも沢山居る。ギルマスはシェンカーさんと言って、銀太をテイムして右往左往《うおうさおう》していた俺に優しくしてくれた良い人だ。

でも、シェンカーさんが俺に何の用だろう？

「分かった……とにかく会いに行ってみるよ！」

俺がそう返すと、アメリアさんは何を言ってるんだ？　とでも言いたげに首を傾げる。

「あのな？　会いに行くって……そんな簡単に。ここからじゃ、急いでも一ヵ月はかかるわよ？」

「俺の聖獣達は転移の魔法が使えるからさ」

「転移？　そんな伝説の古代魔法まで使えるのね。はぁ……っ、もう何言われても驚かないかも」

アメリアさんは両手を広げ、頭を左右に軽く振った。何だよその仕草は？　お手上げとでも言いたげだな。

「明日にでも行くって伝えてもらえるか？」

「分かったわ。ドヴロヴニクのギルマスに連絡しとくわね」

「助かるよ！」

この時の俺は、想像以上の恐ろしい展開が待っていることなど露知《つゆし》らず。シェンカーさんのことを、懐《なつ》かしく思い出していた。

5　ティーゴの願い

俺達はスラムの湯屋一階にある調理場に来ている。もちろんみんなにアレを作ってあげるためだ。

「今日はお疲れ様だ。みんなのおかげでスラムが住みやすい場所になってきた」

『まだまだ改良の余地は沢山あるがな！　作業室とか……』

「そうじゃの。スラムの湯屋に簡単に行く手段も必要じゃし……それに……」

二号とパールは湯屋をどうするか夢中で相談し出す。どうやらこの二匹は、明日もスラム開拓になりそうだ。

「さて……お待たせのご褒美パイの時間だな！」

『やったのだ！　我はこれを待っておったのだ』

『ティアもなの！　パイ♪　パイ♪　パイ』

『よっしゃー何のパイだ？』

「ふふっ……これはな？　不思議パイだ！」

『『『不思議パイ!?』』』

聖獣達がキョトンとしている。

このパイのために、七つの味を持つレインボーマスカットを、キラービーの蜜に漬けておいたんだ。下準備はバッチリだ。

二号達が湯屋を作っている時にティアと小麦粉を買いに行き、その時にパイ生地《きじ》も作っといたんだ。

だから後はフルーツを載せて焼くだけ。

しかし小麦粉は高かった……他の街の十倍もするなんて。明日ドヴロヴニクに行ったら、大量に買っとこう。

トウカの実をペースト状に潰《つぶ》した物を生地に塗り、その上にレインボーマスカットを載せて……二号が湯屋に作ってくれた大きな焼き窯《がま》に入れて焼いていく。

さすが二号だ、使いやすい。

数分もすると、パイが焼ける芳ばしくて甘い匂いがしてきた。

『ふうむ……美味そうな匂いが……待ち切れんのだ！』

銀太が焼き窯を覗き込む。近付き過ぎると鼻を火傷《やけど》するぞ？

「よし焼けたな」

まだかまだかと待っているみんなに、パイを配っていく。

配り終えた途端《とたん》、一斉にサクッと齧《かじ》り付いた。

『ああ……美味しいの♪　トウカとマスカットが……ティアは幸せ』

『美味しいわ！　トウカのしっとりとした甘さに、レインボーマスカットのプリッとした食感……何て言ったら良いのかしら、とにかく美味しい！』

ティアと三号はウットリ味わって食べているな。気に入ったみたいで良かったよ。

『美味いのだ！　それに味が色々変わり面白い。どの味も美味いから、我は何個でも食べられるのだ！』

銀太はもう十個目だ……。

『本当に……何て美味さだ！　レインボーマスカット。これぞ七つの秘宝！　俺はお宝を見つけたぜ！』

スバルよ……七つの秘宝って……それはマスカットだ。

「美味いのじゃ！　この味が変わるのも気に入った！　ワシはジュースよりパイが良いのじゃ！」

『あっしも気に入ったっす』

『美味いな！』

あっ？　もうない！　みんな食べるの早過ぎだ。急いで焼かないと。

パイのご褒美……喜んでもらえて良かったな。

その後は宿泊施設の部屋を借り、マットを敷きみんなで寝た……色々あり疲れてたのか、みんな一瞬で眠りについた……あふ。


次の日は朝から大忙しだ。

朝ごはんを食べた俺達は、二手に分かれて行動することに。

銀太とティアと俺は、ドヴロヴニクのギルマスの所に。

スバルとパールと一号と二号と三号は、スラムの警備と湯屋の改良。

「ギルマスに会ったら帰ってくるからな！　それまでスラムのこと、よろしく頼むよ」

「バカな領主が来ても、ワシらに任せておくのじゃ！」

パールは頼もしいな。おバカ領主のことも頼んだよ。ただ、やり過ぎないでくれよ？

「じゃ俺達は行って来るね！　銀太、お願い」

『分かったのだ』

次の瞬間、俺はドヴロヴニク街ギルドの扉の前に立っていた。

銀太の転移魔法って本当便利だな。

「さてと、中に入るか……」

重厚な二枚扉を押し開くと、見慣れた景色が目に飛び込んでくる。

「おっティーゴじゃねーか？　久しぶりだな。ドヴロヴニクに帰って来たのか？」

警備隊長のシルクさんが早速話しかけて来た。普段はダンジョンの出入口の警備をしているはずなんだけど、今日はギルドに居て、しかも片手にはエールを持っている。朝っぱらから呑んでるのか？

「シルクさんお久しぶりです。前はお世話になりました。今日はギルマスのシェンカーさんに用があって……」

「そうなのか。じゃあ上の部屋で待ってろよ！　俺、今日は仕事が休みだからさ、呼んで来てやるよ」

「ありがとうございます」

シルクさんに会釈《えしゃく》し、俺達は二階にあるギルドの待合室でシェンカーさんを待つことに。

すぐに扉が勢い良く開く。

「お久しぶりティーゴ君。急に呼び出してゴメンね？　まさかギルドに直接来てもらえるなんて思ってなかったよ！」

「お久しぶりです。シェンカーさん。で……話って？」

「それだけど……この前に話してたことが現実になって……だね」

シェンカーさんが少し困った顔をし、人差し指で頬をポリポリと掻《か》いた。

「この前？」

ん……？　何だろう、全く分からない。

「ほら！　国王陛下に会うって話だよ！」

国王様に……俺が⁉　あー！　そういえばそんなこと、前に言ってたような……。

「えっええー‼　国王様に？　ちょっと待ってくれ！」

いやいやいやいや、やっぱり無理！　絶対に無理！

「しかも急で悪いんだけど……昨日ね？　ティーゴ君が今日ギルドに来てくれるって連絡を聞いて、陛下にそのことを伝えたらね？　その……ティーゴがギルドに来たら王城に連れて来てくれって……言われて」

「えっ？　今から王様に？　無理だよ、心の準備も出来てないしっ、それに話し方だって……」

「大丈夫だよ、これは表彰《ひょうしょう》みたいなものだから！　ティーゴ君は何もしなくていいんだよ？　安心して？」

簡単に言うけどな？　ド平民の俺が国で一番偉《えら》い人と会うんだぞ？

「安心してって……無理だよ！」

しかし、王様との約束を破《やぶ》る訳にもいかず、こうして俺はこの後、結局王城に向かう羽《は》目《め》に……はぁぁ、行きたくない。

扉がノックされ、ギルドの職員さんが入って来た。

「シェンカー様。失礼……」

「えっ……もう？　分かったよ」

ギルドの職員さんがシェンカーさんに近寄り、耳打ちして何か伝えている。

「よし！　じゃあティーゴ君行こうか？」

「えっ？　行く？」

「王城への迎えの馬車がギルドの前に到着したみたいなんだ」

早過ぎだろ！

心の準備が全く出来てないのだが？　……本当に勘弁《かんべん》して欲しい。

『主～どうしたのだ？　辛いのか？　此奴が何かしたのか？』

銀太はシェンカーさんをギロリと睨む。

「ヒィッ！　ティティティティッティィーゴ君！　聖獣様の誤解《ごかい》を解《と》いてくれないと！」

シェンカーさんは銀太の睨みにぶるぶると震えが止まらない。

「いや……誤解って訳でもないような……」

『ほう……やはり此奴が……』

「ええっ⁉　ティーゴ君、そりゃないよぅ！　僕はね！　全力で王様から君を守るから！　ねっねっ！」

シェンカーさんが半泣きで懇願《こんがん》してくるけど、俺だって半泣きなんだからな？　ちゃんと守ってくださいよ？

「絶対ですよ？　頼みますよ？　俺は話し方とかちゃんとしてないし……」

「もちろん！　全て僕に任せて！」

「分かりました！　信用します」


ギルドから出ると、ギラッギラに……飾《かざ》り……ゴホン。ええと。

金とか宝石で飾られた、豪華で煌《きら》びやかな、二十人は余裕でゆったり乗れる大きな馬車が止まっていた。

馬にまで宝石が付いている……んんっ……？　よく見たらアレは馬の魔獣だ。

頭に長い角《つの》が二本あるから、バイコーンか！

真っ白のバイコーンなんて初めて見た。

王様の馬車は馬を使わないんだな。御者《ぎょしゃ》さんの服装も貴族の人みたいだ。

「さあティーゴ君！　乗ろうか？」

「いや……俺は銀太の背に乗って、後ろからついて行きます」

「えっ？　この大きな馬車に僕だけ乗るの？」

銀太が馬車に乗れないから……と言うと、渋々《しぶしぶ》シェンカーさんは馬車に一人で乗って行った。

あんな高そうな馬車に乗ったら、落ち着かないし緊張《きんちょう》で頭がおかしくなるよ。

二十分くらい走ると……言葉では言い表せられない大きなお城が見えて来た。

周りにも大きな建物が複数建っている。

辺境伯《へんきょうはく》様の家だって見たことのない大きさだったのに！　これは桁違《けたちが》いだ。その何倍もある……！

ああ……やっぱり嫌だ。行きたくないよ。

緊張でバクバクと心臓の音がうるさい。

馬車が一番大きな門の前で止まる。

俺達はお城の人に案内されるがままに後をついて行く。

「なっ何だこの部屋！　何に使うの？」

案内された部屋は……四方《しほう》が百メートルはある広い部屋だった。

「この広間はね？　陛下との謁見《えっけん》の間だよ」

「謁見の間？」

「ほら？　赤く敷き詰められた絨毯《じゅうたん》の奥に、豪華な椅子《いす》があるだろう？　あそこに陛下が座るのさ」

シェンカーさんに言われて奥を見ると、豪華な椅子が三つ並んでいた。

あの椅子に王様が座るのかと、ボウッと豪華な椅子を見ていたら、周りが急に騒がしくなってきた。

「ティーゴ君。頭を下げて！　陛下がいらっしゃった！」

俺とシェンカーさんは、椅子から少し離《はな》れた所で片膝をつき頭を下げた。

「ふむ……面《おもて》を上げい。今日は王城まで来て貰い感謝する。私はヴァンシュタインの王アレクシスだ！」

顔を上げると目の前には、プラチナブロンドの短髪に長い髭《ひげ》の生《は》えた王様が椅子に座っていた。

歳《とし》は俺の父さんくらいか？　いやもっと若く見える。

あれ？　よく見たら、王様の横に立っているのは、ルクセンベルクのギルマスのファラサールさんじゃないか。

彼は右手を小さく上げ、俺に向かって小刻《こきざ》みに振っている。

「わぁ……ファラサールさん。お久しぶりです！」

俺は思わずファラサールさんに話しかける。

「おい？　私はまだ発言を許可した覚えはないぞ？」

王様が不機嫌そうにそう言った。

えっ……王様の前では、喋るのにも許可がいるの？

横ではシェンカーさんが、それはダメって半泣き顔で俺を見てる。

えー！　早くも不敬罪《ふけいざい》とか……勘弁して。

『おい？　そこの王よ……たかが一国の王如《ごと》きが、我が主に偉そうだのう？　こんな国など我は一瞬で消してしまえるのだぞ？　態度を改めよ』

俺をバカにされたと思った銀太が怒り、威圧《いあつ》する。

「あわっ？　ちっちがっ！　フェンリル様の主様を愚弄《ぐろう》するなど！　ファラサールっ、どうするんだよっ、間違えちゃったじゃないか！」

王様の態度がさっきとは打って変わり、威厳《いげん》が全くなくなった……何だ？

ファラサールさんは我慢出来ないとばかりに肩を震わせる。

「あははは！　僕はビシッとしろって言っただけで、ティーゴ君にあんなこと言ったら……そりゃ銀太様は怒るよ！」

「いやっ……だってね？　王が許す前に話すなど……一応さ？　不敬じゃないか？　だから王様らしく」

「ティーゴ君は貴族じゃないんだから、そんな決まり事は知らないよ！」

「えっ、そうなのか！」

俺は一体何を見せられてるんだ？　ギルマスが国王にタメ口で説教してるよ……。

横にいるシェンカーさんも同じ気持ちらしく、ポカ～ンと二人のやり取りを見ている。

ファラサールさんはこちらを見ると微笑んだ。

「ティーゴ君！　ゴメンね。僕が手を振ったから……この謁見はそんなに緊張しなくて大丈夫だからね？　僕と王様、それに宰相《さいしょう》のギールーしか、この謁見の間には居ないから」

「えっ……」

「いつも通りの話し方で大丈夫だから！　ほら？　アレクシスもいつもの姿に戻ったら？　カッコつけたいとか言ってさぁ？　結局ダメじゃないか」

「むぅ……」

ピリリッと長い髭を外す国王様
国王様の長い髭は、なんとつけ髭だった。

髭がなくなった王様は、俺と年の近い若者の顔をしていた。

「若く見えるよね？　でもこの王様は八十歳なんだよ」

ファラサールさんが教えてくれるが、余計に混乱する。

「ええ？　だってどう見ても二十歳くらいにしか……」

「アレクシスはね？　ハーフエルフなんだ。母親がエルフなんだよ！　だから見た目が若いんだ。ちなみに母親は僕の娘」

「「えーーーーっ!!」」

ビックリし過ぎて……シェンカーさんとハモってしまった。

「あのさ……じゃあファラサール君は、国王陛下のお爺《じい》さんってこと？」

シェンカーさんがおずおず問いかける。エルフであるファラサールさんとはかなり年齢差があるはずだが、ギルマス同士だからか対等に話す間柄《あいだがら》らしい。

「そういうことになるね。前国王が僕の娘を気に入って、猛《もう》アタックしてお嫁《よめ》さんにしたんだよ」

「前王妃様がエルフっていうのは有名な話だけど……まさかファラサール君の娘さんとは！」

「まぁ僕の話は後にして、今日はティーゴ君に話があるんだよ！　ねっ？」

ファラサールさんは国王様をチラリと見る。

「ゴホンッ！　ティーゴよ、今日は其方《そなた》にお礼を言いたくて来てもらった。この国を……ルクセンベルクの街を救って頂き感謝する」

国王様が俺なんかに頭を下げた。

「いやっ……そんな陛下っ、頭を上げてください！」

「青色病の治し方は、王家の古い文献《ぶんけん》に書いてあるが……伝説の古代魔法に謎のキノコ、この二つが必要不可欠《ふかけつ》！　……我々にはどちらも用意することなど不可能だ！　しかしティーゴ……其方はこの二つを用意し、ルクセンベルクの街を青色病から救ってくれた」

確かにそうだが、でもそれは俺じゃなくて全て銀太達聖獣が居たからこそ、成《な》し得ただけで……。

「いや俺じゃなくて……聖獣達が救ってくれたんです」

「確かに聖獣様達は素晴らしい。でもそんなに凄い聖獣様達を、其方がテイムしていることの方が誇《ほこ》らしいと思うがね？」

「でも……」

俺がまだ納得しないでいると、今度は銀太の方を見る国王様。

「フェンリル様に質問ですが、ティーゴが望んでいなくとも、ルクセンベルクの街を救いましたか？」

『我は主が望むなら、何でもするのだ……望まなければ何もない。それだけだの』

『ティアもよ！　ティーゴのためなら！』

「銀太……ティア……」

俺は嬉しくてティアと銀太にギュッと抱きつき、ふわふわの腹に顔を埋《うず》める。

「……ということで、ご理解頂けたかな？」

国王様がニンマリと笑う。

「ティーゴに褒美を贈《おく》りたい。ギールー！　こちらへ」

「はっ！　ティーゴ殿には辺境にある領地、伯爵位とその邸宅《ていたく》、白金貨百枚を授《さず》けます。こちらが国王陛下からの褒美になります」

領地……伯爵邸……何だって⁉

「ちょっと待ってください！　俺はのんびり旅がしたいんだ！　そんな褒美はいらない

よ！」

「褒美がいらない？　だが……せめて白金貨百枚は貰ってくれよ？」

えー……褒美を貰わないと終わらないな。だったら……そうだ、別のことをお願いしてみよう。

「あのさ？　褒美はセロデバスコの街を助けてくれませんか？」

「セロデバスコの街を助ける？　とは？」

俺の願いに国王様が首を傾げる。

「セロデバスコに住む人達は、税金に苦しめられ、食べるのもやっとです。税金が払えない人達は家を奪われ、穴の底にスラムを作り住んでいる」

「鉱石で潤《うるお》っているあの街が？　スラムだと？　何か変だな……」

国王様が俺の話を聞き、訝《いぶか》しげに眉《まゆ》を顰《ひそ》める。

「今の領主……ゲスイー伯爵。この人が領主になってから、街の税金が急激《きゅうげき》に上がった。この領主は、私兵を使いスラムの人達を皆殺しにしようとしたんだ。銀太達のおかげでスラムのみんなは無事だけど……」

俺の話を静かに聞いている国王様だが、その表情はさっきとは打って変わり、怖いくらい真剣そのもの。

「前の領主、デニールは何処に？」

「街の人の話では亡くなったと……その後すぐにゲスイー伯爵が領主になったと言ってました」

「亡くなった……？　これは色々きな臭いぞ、ギールー！　ゲスイー伯爵について早急に調べてくれ！」

「はっ！」

「あともう一つお願いがあります。ゲスイー伯爵から、大きな穴に住むスラムの人達を守りたいんです」

俺がそう言ったのを聞いて、国王様は目を細めた。

「セロデバスコの名所の大きな穴だね。分かった、あの場所を王家の管轄下《かんかつか》にするよ。ティーゴ、それを君が好きに管理してくれたまえ」

「俺が好きに？　いいんですか……」

「王家の権力も使ってくれていいからな？　ゲスイー伯爵のことはこちらでも調べておく。連絡はファラサールから逐一《ちくいち》聞いてくれ。では私は先に失礼するよ？」

「ありがとうございます」

国王様は去っていった。

話の分かる素敵な王様だった。

あんなに緊張していたのが馬鹿みたいだな、ふふっ。

『主〜嬉しそうだな？』

後ろで見守ってくれていた銀太が、俺の背中に頭を押し付けてくる。

「ああ！　これでゲスイーの奴はスラムに手が出せなくなったんだ！　スラムが守れたんだよ！」

『良かったの♪　ティーゴが嬉しいとティアも嬉しいの！』

俺の横をくるくる飛ぶティアを見て、固まるファラサールさん。

「ティーゴ君、この可愛い龍はまさか……！」

ファラサールさんがティアに気付いたみたいだ。

「そうなんだ！　あの時の卵が生まれたんです。ティアって名前だよ」

「ティア様……」

ファラサールさんがウットリとティアを見ている。

ティアは、エルフの里を守る聖龍の子供に当たる。まだティアが卵の頃、魔族の手に渡っていたのを俺達がたまたま助け出して、そのまま育てているんだ。ファラサールさんと初めて会った時は、まだ孵《かえ》る前の頃だったんだよなぁ。

そうだ！　俺はピンときて、ファラサールさんにあることを尋《たず》ねた。

「あの、ファラサールさん。エルフの里の場所って分かりますか？」

「もちろん！」

やっぱりだ！　読みは当たったな。

「良かったぁ。このティアを、エルフの里に居る親の聖龍に会わせてあげたくて。次はエルフの里に行こうと思ってるんだ！」

「なんと！　なら僕が一緒に行きますよ。エルフの里には、エルフが一緒に居ないと入れないようになっているので、行く時は絶対に言ってくださいね！」

「分かった。じゃあセロデバスコのことが落ち着いたらお願いするよ！」

セロデバスコの街が元の活気ある街に戻ったら……次はエルフの里だ！

よし！　じゃあこの後は、ドヴロヴニク街で小麦粉とか色々買って……そうそう！　デボラのお店にも寄らないと。

その後はみんなにこのことを報告だな！　あー、早くみんなに報告したいなあ！

「ティーゴ様……こちらをどうぞ」

急に背後から、ギールーさんが何かが入った袋を渡してきた。

「えっ？　これは」

「大した物は入っていませんので。お気になさらずにお収めください。では私は調べることがありますので、失礼いたします」

その袋を渡すと、ギールーさんは去って行った。

「えっ……ちょっと！　待っ」

思わず袋を持った手を振り上げる。

ジャララッ……!?

この音……！

袋の中……絶対にアレだよね？

6　ゲスイーVSパール！

ティーゴ達が王様との謁見をしている頃。

スラムの穴は、パールや二号によりドンドン活気が出て来ていた。

その様子をこっそりと見ていた男が、大急ぎで何処かに帰っていく。

男は伯爵邸に向かうと、執務室《しつむしつ》に居た主の前に跪《ひざまず》いた。

「ゲスイー伯爵、スラムを偵察《ていさつ》していた者達から、どうやら豪華な湯屋がスラムに出来たとの報告が！」

「はっ？　何を言ってるんだ？　湯屋なんて昨日までなかったぞ？　そんなものが急に出来る訳がないだろう？」

「しかし！　本当に大きな湯屋が出来ているのです！　私もこの目で確認しました！」

真剣な部下の様子を見て、ゲスイーは顔色を変える。

(スラムの奴等一体……何を？　くそう！　大きな湯屋だと？　本当にあるならワシのものにしたい！)

「確認しに行く！　場所を教えろ！」

「はっ！」

ゲスイーは大急ぎでスラムの大穴に走って行く。

(嘘だろ？　幻じゃないのか？　本当に……本当にあった……！)

ゲスイーは一番下まで下りなくても目視《もくし》できる、大きな湯屋の存在に驚き慄《おのの》いている。

「あんな豪華な湯屋を、ワシは見たことがない！　穴の上から見ただけでも湯屋の大きさが分かる」

この湯屋を自分のものにしたいとゲスイーは熱望《ねつぼう》する。しかし、フェンリルのことを思い出すだけで震えが止まらない。

悔しい思いで穴の底を見ていると、部下が意外な知らせを伝える。

「ゲスイー伯爵様！　スラムを偵察に行った者の話ですと、今はフェンリルとそれをテイムしている男はスラムに居ないようです」

「何？　本当か？」

「はい！　今スラムに居るのは、女とペットの鳥と猫と言っておりました」

「ふははははっ！　ワシにチャンスが訪れた！」

(何て馬鹿な男だ……！　スラムに手を出さないと言ったのを信じたのか！　ワシがそう簡単に諦《あきら》めるか)

唇を歪《ゆが》めて低く笑うと、ゲスイーは部下に指示を飛ばした。

「兵達を集めろ！　スラムのゴミ掃除だ！」

「はい！」

★　★　★

「何じゃ……外が騒がしくないか？」

湯屋の中で二号とああでもないこうでもないと話し合っていたパールは、外の異変に気付いて辺りを見回す。

『俺は湯屋に居てもすることねーから、様子見てくるよ！』

『じゃあ……私も暇だから行ーこおっと』

スバルと三号が様子を見に行くことになった。

「頼んだのじゃ！」

この時……パールは何の気なしに、一番ペアにしてはいけないコンビを行かせてし

まった。

湯屋の窓から飛び立ったスバルは、ファサッ……ッと翼を広げ、空から偵察する。三号も湯屋の外に出て、上の方を見る。

『んっ、あれは……またあの馬鹿領主が、騎士達を連れてやって来たぞ！』

『本当ね？　懲りない馬鹿だわ』

大勢の騎士を引き連れたゲスイー伯爵が、再びスラムに下りて来ていた。

スバルと三号は湯屋に繋がる通路に下り立ち、ゲスイー伯爵達の行く手を遮《さえぎ》る。

『ちょっと？　ここに何しに来たの？　二度と来ないってティーゴの前で言ってなかった？』

「そんなことワシ言ったかなぁ？　知らんなぁ……」

三号に言われ、とぼけた返事をするゲスイー伯爵。

『へぇ……私達にそんな態度を取っていいと思ってるの？』

気の短い三号は今にもブチキレそうだ。

「はんっ？　お前達のようなただの女と小鳥で、武装した我らに何が出来るのだ？　何も怖くないわ！」

ゲスイーにバカにされ、先に切れたのは……。

『俺が小鳥だと？　何処見て言ってんだよ？』

スバルだった。グリフォンの姿に戻ってゲスイーを睨みつける。

「ヒャッ……ググ……グリフォン！」

突然現れたグリフォンに、ゲスイー伯爵と騎士達は恐慌《きょうこう》状態に陥《おちい》る。腰を抜かす者……震えが止まらない者……固まって動けない者……と様々だ。

怯《おび》えるゲスイー伯爵達に追い討《う》ちをかけるが如《ごと》く、三号が目を細める。

『ねぇ……おっさん？　私のことをただの女って言ったわよね？　ねぇ……？　これでも？』

バリバリバリバリバリッと轟音《ごうおん》をたて、炎を纏った大きな雷が一人の騎士に落ちる。

「ひぃあっ……」

カタカタカタカタと身体《からだ》中の震えが止まらない。

もはやゲスイー伯爵は、気絶寸前だ。

(何てことだ！　フェンリル以外にもこんなに危険な奴らが潜《ひそ》んでいたなんて……！　もしやワシはとんでもない者達に絡《から》んでしまったんでは……)

そんなゲスイーを嘲笑《あざわら》うかのように、三号が追い込む。

『あんたは最後のお楽しみにとっておいてあげる……』

そう言って三号は次々と兵士達を黒焦げにしていく。

「あっ……あわ……」

ゲスイー伯爵と騎士達は、恐怖のあまり……声も出ない。

次は自分かもしれないと怯えているのだ。

『おい！　もうお前しか残ってねーな？』

スバルがゲスイーを煽《あお》る。

「ふぇっ？」

周りを見渡すと、大勢連れて来た騎士は皆、炭と化していた。

「たたたっ……助けてください！　二度と、二度とスラムには近寄りません！」

ゲスイーは地面に頭を擦り付け、必死に許しを乞《こ》う。

『ん～どうする？』

『まぁ……なぁ？　殺したらダメって言われてるしなぁ』

それを聞いたゲスイーは、自分は助かるかもしれないと、ぬか喜びする。

「たっ助けて……くれるのですか？」

ゲスイーをどうするか、ニヤニヤしながら相談するスバルと三号。

『まぁ……後でリザレクションしたら一緒だよね？』

『だよなー！　コイツさぁ、俺のことを小鳥呼ばわりしたからな？』

『だよねー？　ただの女って言われたし！』

『十回は死んでもらわないとっ！』

ゲスイーは思った。コイツ等は何の話をしているのだと。

「じゅっかい……あわわわ」

あまりの恐怖に失禁《しっきん》し、気絶しそうになるも三号が見逃してくれない。

『あっ？　気絶なんてさせないからね？』

ゲスイー伯爵は後に思う……まだ前のフェンリルの方が優しかったと。

目の前にいるのは悪魔だ。いやそれよりもタチが悪い。


『ただいまー！』

スバルが元気良く湯屋の扉を開ける。

『おかえりっす！　何だったんすか？』

『またゲスイーが来たのよ！　でもスバルと追い返したから！』

「お主達……やり過ぎてないじゃろうの？」

後でティーゴから何か言われたら嫌なので、パールが一応大丈夫かなと気にするも、二匹はケロッとしている。

『全然だよな？』

『そうよ！　ちょっと脅しただけよ！』

「なら良いんじゃが……」

そう二匹に言われ、それ以上は追及《ついきゅう》しないパール。

『お腹空《す》いたなぁ……ティーゴのパイが食べたいなぁ』

『そうよね。ティーゴ、早く帰って来ないかなぁ……』

ゲスイーを追い払ったスバルと三号は、きっとティーゴが良くやったと褒めてくれるに違いない。そして、ご褒美もいっぱいくれるだろうと、先のことを想像しニヤついていた。

ゲスイー伯爵はというと……この後スラムがある大きな穴を見るだけで、震えが止まらなくなるのだった。

★　★　★

「ただいま〜」

俺が湯屋に戻ると、みんなが集まって来た。

『お帰りティーゴの旦那！』

『お帰り！　また馬鹿領主が来たのよ！』

『俺と三号で追い返してやったけどな！』

どうやら三号とスバルは、ゲスイー伯爵を追いやったことを褒めて欲しいらしい。

ゲスイー伯爵……まだ諦めてなかったのか。やっぱりな……。

「それで、ドヴロヴニクのギルマスは何の用事じゃったのじゃ？」

「それがね……」

俺はみんなに、王様に会ったことや褒美の話……そしてこの大きな穴が国の管理下になったことを話した。

「何と！　ではこの地下の場所は、ティーゴが自由にして良いのじゃな？」

「そういうことだ！　これでもうゲスイー伯爵も手が出せないさ！」

「それは良かったのじゃ！　二号？　アレをティーゴに見せてやらんのか？」

パールが何やら嬉しそうにアレと言っているが、何だ……？

『ティーゴ！　ちょっと来てくれ！』

二号が俺を連れて外に出る。

「どうしたんだ？」

『これを見てくれ！　中々良く出来たと思わないか？』

湯屋から少し離れた場所に、大きな四角い建物が建っていた。

「二号……これは何だ？」

『ふふふ。これはな？　スラムの人達の家だ！　穴の中で住むよりはマシだろう？』

スラムの人達の家！　もう作っちゃったのか？

あれば良いとは思っていたが、こんなすぐに完成するなんて！

「二号！　お前最高だよ！」

俺は二号の頭を撫でる。

『俺が考えたんじゃ……穴に住むのは可哀想《かわいそう》だとパールに言われてな！　それで作ったんだ』

照れ臭そうに二号が話す。

パールの奴……猫の癖に人に優しいんだよなぁ。

『ティーゴ！　中を見てくれ！』

二号が新しく出来た建物を、嬉しそうに紹介してくれる。

『各部屋はそんなに広くはないが、シンプルで住みやすい作りにしたんだ！　住む人数によって広い部屋もある。一人で住むならこの部屋で充分だろ？』

部屋の扉を開け、一人用の部屋を見せてくれた。

「おおっこれなら充分だ！」

こぢんまりとした部屋に、ベッドと小さな調理台があった。

トイレまでついている！　凄いな。

『部屋数は充分用意したが……足《た》りなければ増設《ぞうせつ》すればいい』

後は布団だな。ベッドは二号が作ってくれてるから、布団さえあればすぐに住める……

これはイルさんに至急《しきゅう》相談しようか。

まだニューバウンの街に居るかな？

よしっ！　決めたら即行動だ！

銀太に頼んで、ニューバウンに行ってみよう！

★　★　★

イルさん、居るかなぁ？

俺と銀太は港町ニューバウンの宿泊施設の前に転移した。ここは、イルさんがオーナーを務《つと》めるジェラール商会が経営している施設で、俺達は以前ここに泊めてもらったんだ。

何回見てもこの施設は豪華だなぁ……。

施設の受付のお姉さんに、イルさんの居場所を聞きに行く。

「すみません。オーナーのイルさんは居ますか？」

「まぁ！　ティーゴ様こんにちは。イルは今、商店の方に行っておりまして……」

「商店……ですか？」

うーん……困ったな。場所が分からないぞ。

困っているのが顔に出ていたのか、お姉さんがクスリと微笑む。

「案内しますすね」

そのまま、イルさんが居る商店まで案内してくれた。俺達を送り届けると、お姉さんは宿に戻っていく。

この商店も大きいな。バッグや小物、服が店先に沢山並んでいる……なるほど、ここは服屋さんか！

飾りの付いた洒落《しゃれ》た扉を開ける。

「イルさん！　お久しぶりです」

「ティーゴさん！　どうしましたか？」

「イルさんにちょっと相談があって……」

「私にですか？　では奥の部屋で話を聞かせてください」

俺はセロデバスコのスラムの話をイルさんにした。

「素晴らしいです！　ティーゴさん。是非《ぜひ》私にも協力させてください。私が必要な分のお布団を全て寄付します！」

「えっ……イルさん、いいんですか？」

「はい！　私はあの領主に代わってからすぐに、ジェラール商会のセロデバスコにある全てのお店を撤退《てったい》させました……街の人が困っているのに、何も出来ずに自分だけ逃げたようで……後悔《こうかい》しておりました」

イルさんは悔しそうに、当時の気持ちを教えてくれた。

「それはイルさん……商売しているんだから仕方ないよ」

「ありがとうございます。さぁ！　倉庫にある布団を取りに行きましょう！」

イルさんの体から、メラメラとやる気の炎が溢れているようだ。

あっ……そうだ。ここは服屋なんだよな？　ついでにティアが着られそうな服がないか聞いてみよう。

「あの……イルさん。倉庫に行く前にちょっといいですか？」

「はい？　何でしょう？」

「二歳くらいの……女の子が着れる服ってありますか？」

「二歳ですか……？　背はどのくらいでしょう？」

背か……何センチかなんて分からないぞ。

「ん～っと、大体これくらいかな？」

手を膝に持っていき、イルさんに伝える。

「なるほど……ではこれなんか可愛いですよ？」

イルさんがワンピースを何着か持って来てくれた。

どれもティアに似合いそうだな……困った、選べない。

「一着いくらですか？」

「銀貨五～八枚です」

思っていたよりかなり安いな。この出してくれた五着全て買うか。

「全部ください！」

「ありがとうございます」

★　★　★

案内された倉庫は、銀太が走り回れる程に広かった。

「イルさん……これはまた大きな倉庫ですね！」

『うむ……我がジャンプ出来るのだ』

「銀太、ジャンプしたらダメだよ？」

『ふぬぅっ、しないのだ！　例えただけなのだ！』

でもさ銀太、ジャンプしたそうに尻尾ブンブンしてるよ？

「ティーゴさん、お布団は三百セットあれば足りますか？」

「それだけあれば充分です」

俺はイルさんから渡された布団を、次々にアイテムボックスに収納していく。

「これで全部だな！」

「はぁ……スラムがどのように変わったのか、私も見たかったですねぇ」

イルさんがスラムに行きたそうにため息を吐く。

「イルさんも一緒に行きますか？」

「えっ？　私も一緒に転移出来るのですか？」

「もちろん！　イルさんにこの後予定がないのなら、行きますか？」

「是非ご一緒させてください！」

イルさんは瞳を爛々《らんらん》と輝かせている。

「じゃあ行きましょう」

俺達はイルさんを連れ、スラムへと転移した。

「あっ……なっ……これは？　一体……」

イルさんが湯屋を見て、口をあんぐり開けたまま固まっている。しまった、湯屋のことを話すの忘れてた！

「これは湯屋です」

「これがですか？　こんな湯屋を短期間で作るなんて……あり得ない……」

「あの？　イルさん？」

「あっ！　はわっ！　ビックリして固まってました！　この湯屋の中を是非見せてください！」

イルさんは瞳を輝かせ、少年のような顔で湯屋を見ている。

「どうぞ！　ゆっくり見てくださいね。お風呂も入ってくださいね」

「ありがとうございます」

イルさんは湯屋に走って行った。

さすが商売人だな。

さぁ！　俺は部屋に布団を置きに行かないと……数が多いから大変だぞ。

7　ゲスイーの秘密

ああ……。

クソッ……何でこんなことになったのだ！

これもフェンリルやグリフォンを連れたあの男がこの街にやって来てからだ。全てが上手くいかなくなったのは。

あと少しで秘宝《アレ》を手に入れることが出来そうだったのに……!!

この街のスラムが怖い……穴の近くに行くと足が震えてまともに歩けない。

秘宝《アレ》さえ手に入れることが出来たら、この街などもうどうでもいい。

とっととトンズラしたいのに。

……ゆっくりしていられないな！

ガタンッと席から立ち上がると、ゲスイーは足早に何処かへと向かう……。

行先《ゆきさき》は屋敷の裏にある洞窟《どうくつ》だ。そこにある、今は使われていない保管庫に一人で入っていった。

保管庫の中でゲスイーの金切り声が響く。

「早く！　場所を教えろ！　領民がどうなってもいいのか？　お前は薄情《はくじょう》な男だな！」

ガァンッ！

ゲスイーが保管庫の奥に作られた牢屋《ろうや》に向かって木を投げつける。

ゲスイーの目の前には、痩《や》せ細った白髪の……今にも死んでしまいそうな、牢屋に入れられている男がいた。

「秘宝の……場所は……代々デニール侯爵領《こうしゃくりょう》……領主……のみに口伝えされていた場所。お前……な……どに教えるも……のか……」

何と牢屋に入れられている男は、死んだとされた前領主デニールであった……。

「お前が……私兵を引き連れ……我が領にいきなり訪れ……私の……仲間を……全ての……召使《めしつか》い達を……殺した……私は……お前を……ゆ……るさな……い……」

「はっ？　許さない？　そんな体で何が出来るんだ？　とっとと秘宝が掘れる鉱山の場所を教えろ！　そしたらこの領地も侯爵邸も返してやるよ！」

なんとゲスイーの住んでいる邸宅は、元デニール侯爵邸だった……。

当時働いていた召使いや執事達は全て、ゲスイーの私兵によって殺されてしまった。

ゲスイーはデニール侯爵だけを生かしているのだ。秘宝が取れる鉱山の場所を聞き出すために……。

「とっとと話せ！　秘宝の場所さえ言えば、牢屋《ここ》から出られるんだぞ？」

「はっ……話……せ……ば……殺ろ……すく……せに……」

「教えろと言ってるだろーが!!」

ガァン！

ゲスイー伯爵が牢屋を蹴《け》る。

（クソッ……秘宝の場所を聞き出したらデニール侯爵《コイツ》を殺して屋敷を出て行く予定が……。

何でこう上手くいかないんだ！）

8　お披露目会《ひろめ》

『向こうの部屋は全てお布団並べたわよ！』

「えっ……もう？　三号早いな！」

『ふふん？　任せてよ！』

「さぁ！　ドンドンお布団置いて行くぞー！」

一号、二号、三号に手伝ってもらい、施設の部屋に布団を並べていく。

これで今すぐにでも部屋で寝られる。

スラムのみんなには家が出来た！　湯屋で仕事も出来る。これでちょっとはみんなの生活が潤ってくれるといいなぁ。

本当……良かった。聖獣達みんなに感謝だな。

「おいおいティーゴ！　これは一体……俺は夢を見てるのか？」

「ははっ……ボルトさん！　夢じゃなくて……現実だよ！」

俺達はスラムの人達を集め、二号が作ってくれた大きな家を見てもらっている。

「そんな……本当に……本当にこんなに良い家に、俺達が住んで良いのか？　本当に……？　うっ……すんっ……」

「本当だ！　これはスラムの人みんなの家だよ！」

「「「「ワァァーーー!!」」」」

集まった人達から、溢れんばかりの歓声が沸《わ》き起こる。

まるで空気が揺れているようだ。

「ありがとう……ありがとう。ティーゴ、聖獣様！」

「部屋にあるフカフカのお布団は全て、俺の横に居るジェラール商会代表のイルさんが寄付してくれたんだ！」

「「「「ウオォーーー!!」」」」

イルさんに大歓声が巻き起こり……隣のイルさんは頭をポリポリ掻きながら少し照れ臭そうにお辞儀をした。

スラムの人達が新しく出来た家に……涙を流しながら入って行く。

その際に俺達のことを拝《おが》んでいくんだけど、それはやめて欲しい……神様じゃないからね？

急に脚に何かがくっついた感触がして、驚いて下を見る。

「ありあと！　おうち！」

「わっ、ミューッ！　ルートも！」

ミューが俺の足に引っ付いていた。

「あり……がとう……ありがとう……うぐっ……ありがとう」

ルートが泣きじゃくりながら、お礼を必死に言う。

俺はその頭を撫でる。

「ルート？　お前が喜んでくれて、俺も嬉しいよ。さあ、早く自分達の部屋を見て来なよ！」

「んっ……」

ルートとミューは泣きながら大きな家に走って行った。

「ティーゴさん！　良かったです！　スラムがなくなり、みんなが幸せになれる瞬間に立ち会えて私は幸せです」

イルさんが大粒の涙をぽろぽろと流しながら、自分のことのように興奮気味に話す。本当にいい人だなぁ。

「ところで、この素敵な湯屋を経営するのは、スラムの方達ですよね？」

「はい……みんなに頑張ってもらうつもりです」

「商売に関しては素人《しろうと》ですよね？　運営が安定するまでは私共、ジェラール商会のスタッフが手解《てほど》きさせて頂きますよ！」

「えっ……本当に良いの？」

「ここまできたら……乗り掛かった船！　最後までお付き合いしますよ！」

イルさんがでっぷりとしたお腹を叩く。

「イルさんありがとう」

経営のプロが見てくれるなんて！　最高じゃないか。これでスラムは安泰《あんたい》だ。

この時の俺は幸せで……新たなる事件に巻き込まれるなど考えてもいなかった。

★　★　★

「ゲスイー伯爵のことを詳しく調べてたら悪事がボロボロと出て来て……はぁ」

今、俺の目の前では、ファラサールさんが頭を抱《かか》えている。

時は少し遡《さかのぼ》り……スラムの大きな家のお披露目会の後……セロデバスコのギルマス、アメリアさんがスラムまでやって来た。

「ティーゴ……スラムに来る度に新しい建物が建っているんだけど……こんな魔法があるの？」

「俺の聖獣の中で建物を作るのが得意なヤツがいて……」

「……作るのが得意っていうレベルじゃないけどね……？」

アメリアさんはポカンと口を開け、新しく出来たスラムの大きな家を不思議そうに見ている。

「あっそうそう！　ビックリしてる場合じゃないんだ。急なんだけど、今からギルドに来てくれないか？」

「ええっ今から？　急ですね……」

「ルクセンベルクのギルマス・ファラサールから、さっき突然魔法鳥で連絡があってね？何でも急を要するとかで……一時間後に転移の魔道具を使って、セロデバスコのギルドに来るみたいなんだ！」

「ファラサールさんが⁉」

まさかゲスイー伯爵のことで何か分かったのかな……急を要するってことは、まずいことでもあるのか？

「分かりました」

「ワシも一緒に行くのじゃ！」

話を聞いていたパールが、一緒に行くと言い出した。

「パールも行くのか？」

「あの偉そうな伯爵のことで何か分かったんじゃろ？　ワシも気になるのじゃ！」

猫が？　ゲスイー伯爵のことが気になる？　ああ……特別種だったか？

もう……どっちでも良いけどな。

コイツはパールっていう新しい動物だ。そう思えば、パールがどんなことをしても納得だ。

俺とパール、それに銀太とスバルのメンバーでギルドに行くことになった。

ギルドの個室で待っていると、アメリアさんがファラサールさんを連れて来た。

「お待たせ！」

そして今に至る。

「ゲスイー伯爵の悪事ですか？」

「うん！　そうなんだ。ゲスイー伯爵は王都の文官に仲間を潜ませ、書類の偽造《ぎぞう》を繰《く》り返していたことが分かってね」

「書類を偽造じゃと？　何て奴じゃ！」

パールがふわふわの尻尾を逆立《さかだ》てて怒っている。

「そうなんですよ。ゲスイーが領主を名乗れていたのもこれが理由でした。二年前、デニール侯爵から、長期の病気療養《りょうよう》のためゲスイー伯爵に領主の座を譲《ゆず》る、という書類が提出されました。この書類がそもそも偽物《にせもの》だったんです。王城に潜入《せんにゅう》していたゲスイー伯爵の仲間達は全て見つけ、捕縛《ほばく》しました。後は書類偽造の捜査《そうさ》の名目で、この後伯爵邸に乗り込み、奴の身柄を拘束するだけです。ですから、ゲスイー伯爵が今後何かしてくることはないので安心してください。そのことをいち早くティーゴ君に伝えたくて、ギルドに来てもらったんです」

「そうだったんですね」

そうか……良かった……ゲスイー伯爵は捕まるんだ。

セロデバスコの街を苦しめていた奴はいなくなるんだ。良かった。

「のう？　ファラサールよ？　今からゲスイーの所に行くのか？」

パールが何かを企《たくら》んでいる顔で、ファラサールさんに質問している。

「へっ？　あ……そうです。今から僕がゲスイー伯爵邸に行って捕まえて来ます」

「よし！　ワシも行くのじゃ。面白そうじゃからのう」

「えっ？　パール？　ファラサールさんについて行くの？」

「そうじゃっ」

ちょっと……何言い出してんの？

もうゲスイー伯爵は捕まるんだよ？

『俺も行くぜ？　何か面白そうだからな！』

「スバル……お前まで行きたいの？」

『ティーゴは行きたくねーのか？』

スバルとパールが行かないのか？　って目で俺を見てくる。

はぁ……分かったよ、こうなったら行くしかないよね！

「……分かったよ。行くよ、行きますよ！」

「ティーゴ君！　一緒に行ってくれるのかい？　それは心強いよ」

ファラサールさんがそれを聞いて、飛び上がって喜んでいる。

俺は行く気なかったんだけどな……。

しょうがない、この際だ！　ゲスイー伯爵の最後を見届けてやるよ。

★　★　★

ファラサールさんと騎士団、そして俺達はゲスイー伯爵邸の前に着いた。

「大きな伯爵邸だな……」

思わず感想が口をついて出る。

「この大きな伯爵邸もね……本来ならデニール侯爵邸のはずなんだ」

ファラサールさんが何とも言えない顔で教えてくれる。

「えっ？　じゃあなんでゲスイー伯爵が住んでるんだ？」

「ゲスイー伯爵が譲渡《じょうと》の文書を捏造《ねつぞう》し、手下の文官が偽《にせ》の王印を押して、国王様や宰相様が確認したことになっていた。そんな書類が何枚も見つかったよ」

ファラサールさんが本当にあり得ないよと、両手を上げて残念がるジェスチャーする。

「酷過ぎる……デニール侯爵は街のみんなが言っていたように、本当に殺されたんじゃ？」

「その可能性もあるね。さぁ！　伯爵邸に突入するよ！」

その掛け声を合図に、騎士団が屋敷に侵入《しんにゅう》して、玄関のドアを蹴破《けやぶ》った。

武装したファラサールさん達が突然入って来たので、伯爵邸にいた召使い達はパニックに陥る。

「ゲスイー伯爵は何処にいる！　案内しろ」

ファラサールさんが召使いの一人を捕まえて、居場所を聞く。

「ヒィッ……いっ今は寝室かと」

「案内しろ！　妙なことは考えるなよ？　痛い思いをしたくなかったらね？」

「はっはい！」

ファラサールさんと騎士団は召使いの後をついて行く。

俺達はその後ろを、何をするでもなくのんびり歩く。

あれ？　俺達……必要か？　この状況だと完璧《かんぺき》に野次馬《やじうま》だよね？　これ。

部屋の前に着くと、案内してくれた召使いの人は震えながらお辞儀をした。

「こっ……こちらがゲスイー伯爵様の寝室でございます」

「よし……下がっていいよ？」

「ははいっ！　ひいっ！」

召使いの人は逃げるように走って行った。

まぁ……急にこんな武装した騎士団が来たら怖いよね。

「さぁ！　気を引き締めて行くよ！」

「「「「はいっ！」」」」

ドアに手をかけると、ファラサールさんと騎士団の人達は勢い良く中に入って行った。

「さぁ、ワシらも行くのじゃ！」

『そうだな！　ゲスイーの奴め、待ってろよ』

んん？　何故だかパールとスバルがノリノリだ。

お前等、あんまり無茶しないでくれよ？

「ななっ何だ？　お前達急に！」

突然中に入って来たファラサールさん達に、ゲスイー伯爵は驚いている様子。

「ゲスイー伯爵！　文書捏造、領地強奪《ごうだつ》……その他容疑《ようぎ》多数によりお前を連行する！」

「なっ……？　ワシがそんな簡単に言うことを聞くとでも？」

「聞かぬなら無理矢理連行する」

「あーっはははははっ」

ゲスイー伯爵は突然不敵《ふてき》に笑い出した。

その様子を見たファラサールさんは、怪訝そうに眉を顰める。

「何が可笑《おか》しい？」

「そんな少ない手勢で、よくワシを捕まえられると思ったな？　お前等入って来い！」

ゲスイー伯爵が、大きな声で怒鳴《どな》りながら手をパンパンと叩いた。

すると隣の部屋から、ゾロゾロと完全武装した騎士が出てくる。

「がははははっ。見たかこの数を！　お前達など我等騎士団で蹴散《けち》らせてくれるわ！」

『ほう……我を蹴散らせる？』

パールを背に乗せた銀太が、ゲスイー伯爵の前に現れた。

「ギャアァァァー悪魔っ！」

突然現れた銀太とパールに騎士団は大パニック。

「ぎっ銀色の悪魔だー！」

「ししっ白い軍曹《ぐんそう》も居る」

『俺だって居るぜ？』

「「「ギャアアアアアアアー!!」」」

「地獄《じごく》の赤い使者までいた！」

なんなんだよ。その変な名前は。銀色の悪魔が銀太で、白い軍曹がパール、地獄の赤い使者ってのはスバルのことか？

ゲスイーの騎士達はドタバタと大慌て。

ぶつかり合いながらも、元居た部屋に急いで戻って行った。

パタンっと扉を閉め丁寧《ていねい》に鍵《かぎ》までかけて、雇《やと》い主であるゲスイー伯爵を残して、立ち去った。

「主人を忘れて行ったぞ、あの騎士団」

銀太達の目の前には、一人置いて行かれたゲスイー伯爵が、腰を抜かしブルブルと震えていた。

銀太……スバル……パールよ。

お前等は一体何をやらかしたんだ。

変な名前を付けられてたぞ？

「あっあわっ……ワシを……ワシを早く捕まえてくれっお願いだ！　悪魔達がぁぁ」

ゲスイー伯爵が土下座《どげざ》しながら、ファラサールさんに捕まえてくれと必死に懇願している。

「……あっあのう。ティーゴ君？　どんなトラウマを与えたの？」

ファラサールさんがゲスイー伯爵のあまりにも豹変《ひょうへん》した姿を見て、少しひきつった笑顔で俺を見る。

「いや……何も……？」

さすがに一度黒焦げにしたとは言えないし、とぼけておいた。

後で知ったんだが、一度じゃなかったらしい。そりゃあんなに怯えるはずだよ。

『ゲスイーよ？　お前何かしたらすぐに炭にしてやるからな？』

震えるゲスイー伯爵をこれでもかと追い込むように脅すスバル。

「ヒィッ！　う〜ん……」

炭にすると言われ、ゲスイー伯爵は青ざめ気絶しそうになるも、簡単に許されるはずもなく、次の瞬間スバルが雷を放つ。

『気絶なんてさせねーからな！』

炭にはなってないが……ゲスイー伯爵の頭は髪の毛が焦げて爆発し三倍に膨らみ、服はボロボロに……。

ブッ……頭が……もじゃもじゃ。笑っちゃ……ダメ……グッ。

「はわっ？」

ゲスイー伯爵は何が起こったのか理解出来ていない。

もじゃもじゃ頭で、ほとんど全裸姿のゲスイー伯爵は、騎士団に縛《しば》られ連れて行かれた。

「あーはははははっ」

「ブブッッハハハハ」

ゲスイー伯爵が出て行くと、我慢出来ずにみんなで爆笑《ばくしょう》した。

「スバル、急に魔法使ったらダメだよ？　面白かったけど……ブブッ」

『だってよー？　何かアイツの顔ムカつくんだよな、俺のことバカにしたし』

スバルと二人で笑っていたら、パールの様子がソワソワとおかしい。

「むう……？　この屋敷の奥に、今にも死にそうな人の気配を感じる」

『……本当だの！　死にそうだ』

パールと銀太が死にそうな人の気配を見つけたと話す。

「死にそうだって？　何処だよ？」

「よし！　銀太案内するのじゃ！」

銀太に乗ったパールが命令する。

『分かったのだ。みんなついて来い！』

「わっ、僕もついて行きます」

ファラサールさんも慌てて一緒について来た。

屋敷の外に出ると、銀太は奥に見える洞穴に一目散に走って行く。

その中には、白髪の男性が牢屋に閉じ込められて横たわっていた……。

「大丈夫ですか？」

声をかけるも返事がない。

「銀太！　お願い回復して」

《リザレクション！》

目の前の男性は一瞬で回復した。

「こっ……これは⁉　何で？」

急に元気になり、男性は自分に何が起こったのか理解が出来ない。

起き上がり、自分の体を不思議そうに触《さわ》っている。

「貴方は……デニール侯爵？」

「……はっ、はい」

ファラサールさんが質問すると、男性が返事をしてくれる。

なんと倒れていた白髪の男性は、死んだとされていたデニール侯爵だった。

「私は……死んだのでは……？」

「ここに居るティーゴ君の聖獣、銀太様が、回復魔法を使いデニール侯爵を蘇らせてくれました」

「よっ蘇らせ？　……そんな魔法があるのですか……？　私は今……神の御力を頂いたのですね。ありがとうございます。ありがとうございます」

デニール侯爵は涙を流しながら、何度も深くお辞儀をし俺達にお礼を言う。

「何故このようなことになったのですか？」

ファラサールさんがデニール侯爵に話を聞く。

本当それだよな、何でゲスイーなんかに狙《ねら》われたんだろう。

「デニール侯爵家には、代々守って来た秘宝があります。領民が飢えたり街に窮困《きゅうこん》が訪れた時に、我ら領主が秘宝を掘りに行き、それを売って領民を守っていました。ところが、何処からかゲスイーが秘宝の情報を聞きつけ……武装した騎士を引き連れ、我が侯爵邸に突然やって来たのです……ゲスイーは有無を言わさず侯爵邸の仲間を殺していきました。可愛い私の孫《まご》達や娘……息子も殺されました。私だけを残して……」

「そんな……」

皆殺しって酷過ぎるだろ！　血の通った人に出来る所業《しょぎょう》じゃない。

「こんなっ……年老《としお》いた私だけが生き残り……何が出来る……うっうう……」

デニール侯爵は全てを話し終えると、泣き崩れてしまった。

「デニールさん……」

「セロデバスコの街に……スラムが出来たと……ゲスイーが話していた。ううっ。私の責任だ」

デニール侯爵は自分のことばかりを責《せ》める。悪いのはゲスイーなのに。

俺は思わず侯爵を励《はげ》ます。

「デニール侯爵、しっかりしてください！　街の人はみんな頑張っていますよ。街の名物を考えたり……ゲスイーが居なくなった今、街を誰が元気にするんですか！　デニールさんが頼りなんですよ」

「うっ……うう……ありがとう……そうだね！　私がこんな弱気では、領主として領民を守れないね！　ティーゴ様は何て心が綺麗なんだ……話しているだけで私はやる気を頂けます」

デニール侯爵が俺をうっとりと見る。これはなんだろう……話を変えた方がいいと、過去の経験が警報《けいほう》を鳴らしている。

「ええと……そう！　心配されているスラムは、なくなりました」

「えっ？　スラムがなくなった？」

デニール侯爵が信じられないと、思わず立ち上がる。

「これは……そうですね。見てもらった方が早いと思います」

「見て？　えっ……どういうことでしょう？」

「まあ？　俺について来てください」

俺達はデニール侯爵を連れて、スラムに帰る。

★　★　★

「こっ……これがスラム……？」

デニール侯爵は意味が分からないといった様子。理解出来ずにキョロキョロしている。

「正確にはスラムだった場所です。さっきも言った通り、今はスラムはなくなりました」

「ど、どうやって⁉」

「住む場所と働く場所を作ったんです。見てください、湯屋が出来ました！」

俺は湯屋や新しい住居について詳しく話した。デニール侯爵はその話を、驚き固まったり、目を見開いたりと、クルクルと表情を変えながら真剣に聞いていた。

「こっ……この豪華な建物は、湯屋でしたか……その近くにある建物が家ですか……凄い……誰がこのような建物を作ってくれたのですか？」

「ふふん？　それはね、全部このティーゴ君さ！」

何故かファラサールさんが得意げに話す。

「あっ……ああ……ティーゴ様……貴方は人の姿をした天使ですか？」

「天使⁉　っちっ、違うよ。何言い出すんだよ！」

「このようなことは……我等人間には出来ません。……そうだったのですね、この心が美しい少年は天使様だった……美しい心なはずだ。納得です」

デニール侯爵がどんどん壮大《そうだい》な勘違《かんちが》いをしていっている。果たしてこの誤解を解けるのだろうか？

もはや何を言っても無駄なんじゃ……などと悩んでいたら。

「ティーゴ！　帰って来たのか？」

「ボルトさん！」

ボルトさんが俺達を見つけて走って来た。

「おお……ボルト！　元気にしておったか！」

そんなボルトさんの肩を叩き、笑顔で話しかけるデニール侯爵。その途端、ボルトさんは固まってしまう。ははっ、鳩《はと》が豆鉄砲でも食らったような顔してるや。

「へっあっ？　デニール様⁉　いっ生きていたんすね」

やっと落ち着いたのか、ボルトさんは唇を震わせ話し出した。

「ゲスイーに監禁《かんきん》されていたところを、こちらの天使ティーゴ様に助けて頂いたんだ」

デニール侯爵は仲間を失った時のことを思い出したのか、目頭《めがしら》に涙を溜《た》め、身振り手振りをつけ、自分にあった出来事を語る。

それを聞き終わったボルトさんは男泣きに泣いていた。

「ティーゴ！　お前は何処まで凄いんだよ！　俺達の領主！　デニール様を助けてくれてありがとう！」

ボルトさんが顔をくしゃくしゃにして、泣いてるのか笑っているのか分からない顔で、俺に熱い眼差《まなざ》しを送ってくる。

「勘違いしないでくれよ？　俺がやったんじゃなくて、銀太とスバルとパールのおかげだ！」

そこは全力で否定した。これ以上訳の分からない武勇伝《ぶゆうでん》が広まったら困る。

そんな時タタタッと、軽快に走る足音が聞こえて来た。

「じいちゃ！」

「じーちゃん」

ルートとミューがデニールさんに抱きついた！　何だって……じーちゃん？

「おっ……お前達……ルート……ミュー……生きていたのか⁉　……うっふぐっ……」

「じいっちゃ……」

デニールさんと、ルートとミューが泣きながら抱き合っている。

「えっルート？　ミュー？」

どーいうことだ？　何でルートとミューがデニールさんを知ってる？

「だまっていて……ゴメンなさい。おれのほんとのなまえは……ルート・デニール」

涙をぽろぽろと流しているルートが、俺の方に振り向き教えてくれる。

「えっ！　じゃあ、ルートは侯爵様の孫？」

「うん……お母様がにがしてくれた。バレたらころされるから……デニールのなまえは……ふぐっ、なのってはダメと言われて……」

俺達の会話を黙《だま》って聞いていたデニール侯爵が、不思議そうに口を挟んできた。

「ええとルート？　ティーゴ様を知ってるのか？」

「ティーゴはオレとミューを……しあわせにしてくれた。にくまつり……おふろ……キレイなへや……ティーゴとであってずっとしあわせ……」

「ミューも！　ちあわしぇ」

「ああ……ティーゴ様……天使様は、私にどれ程神の恩恵《おんけい》を与えて……」

デニール侯爵は嗚咽《おえつ》を漏らし泣き崩れてしまった。

なんと。

肉祭りで出会ったルートとミューは、デニール侯爵の孫だった！

こんなことがあるんだな……。

9　パール、魔王に戻る

「良かったのう……これでこの街も一段落ついたのじゃ！」

デニール侯爵と孫達の再会を見届けて、ワシ——パールは、置いてきた自分の仲間達のことが気になっていた。

ワシの前世は大賢者カスパール。今世では実は魔王なんじゃ。前世の記憶を取り戻して、ついスバル達の様子を見に来てしまったが、一度魔族達の所に帰って話をしないとのう……。

よし、今ならワシが抜けても気付かんじゃろーて。

ワシはみんなからコッソリ離れて、転移の魔法を使う。

転移した先は、魔王城の中の自分の部屋じゃ。何だかこの城も懐かしいのう……二、三週間ぶりか？

さてと、元の姿に戻らねば……。

ずっと猫じゃったから、この姿は何だか不思議じゃのう……。

「ふうむ……やはりこの姿の方が魔法は使いやすいのじゃ。猫の姿じゃと魔力の流れが分かりにくいからのう……」

体に魔力を流して確かめていると、ドタバタと騒がしい音と共に部屋の扉が開く。

どうやら四天王達が部屋に入って来たようだ。

「「「魔王様!!」」」

四天王という名前じゃが、今はベルゼブブ、ベリアル、メフィストの三人だけとなっておる。

「ままっ！　魔王様今まで何処に居られたんです！　ベルゼブブめは探したんですよ！」

「ベルゼブブ！　ちょっと落ち着けい。ブラブラと人族達の街を見ておったんじゃ！」

「人族を……？　一言いってくれたら……」

「おお……ベリアル！　それはすまんかったのじゃ！　ワシも急に思いついてのう」

ブラブラしていたら……魔王のワシがテイムされました。

なんて言えんしのう。

「それより……ワシがおらん間も、お前達がこの部屋を綺麗にしてくれておったのか？

感謝するのじゃ」

「へあっ……魔王様が私めなんかに感謝……ありがたき幸せ！　このベルゼブブにお部屋はお任せください！」

「お前だけに言われたんじゃないわ！　我ら四天王にだ！　このメフィスト、ありがたき幸せ……」

　瞳を潤《うる》ませ、四天王達は嬉しそうだ。

「またワシはこの世界を旅して回ろうと思っておる！　じゃからワシが戻るまで、魔王城をお前達四天王に任せる」

「そっそんな！　このベルゼブブもその旅ご一緒させてください！」

「いや！　このメフィストをお供に！」

「私を！　ベリアルめを連れて行ってくださいませ！」

困ったのう……魔族のお前達を連れとったら、ワシが魔王ってバレるじゃろうが！

……なんて言えんしのう。

「旅といっても度々《たびたび》帰ってくるのじゃ！　それにベルゼブブ。お主等四天王がおらんかったら、誰が魔族達を纏めるのじゃ！」

「そっそうですが……度々ってどれくらいですか？」

むう……ベルゼブブの奴め、細かいのじゃ！　そんなの気まぐれなのじゃ！　とはもちろん言えんし。まぁ転移魔法でいつでも帰って来れるしのう。

「ふむ……一週間？　くらい？」

「「「絶対ですよ！　お願いしますよ？　魔王様！」」」

「分かったのじゃ！　お前達はワシがおらん間は……そうじゃのう、人族について勉強しておれ！」

「へっ？　ひひっ？　人族についてですか？」

ベリアルは何を言ってるのか？　と不思議そうな顔をしておる……。

「そうじゃ！　人族とは何か、街や食べ物……色々じゃ！　帰った時にどれくらい勉強したのか発表してもらうからの？　期待しておるのじゃ」

「はっはい！　分かりました！　このベルゼブブが絶対に一番になります！　魔王様が期待してくださるとは……ああ幸せだ……絶対に！　期待にお応えしてみせます！」

ベルゼブブはワシの言葉にうっとりし、メラメラと張り切っている。

「私が一番だ！」

「いやっ私だ！」

四天王達が競い合い一番を欲しがっておる。

「あっ……そうそう、勉強するための資料を集める時に、人族に迷惑をかけてはダメじゃからの？」

「人族の街に行って本を奪うのは……？」

「ダメじゃ！」

「人族達の食べ物を奪うのは……？」

「ダメじゃ！」

「そんな！　私めはどうやって勉強したら良いのですか？」

はぁ……。

何で此奴等は人族を困らせることばかりしか思いつかんのじゃ！

「それはお前達で考えるのじゃ！　一番頑張った奴には褒美をやろうかのう？」

「「「褒美!!」」」

「分かったかの？　さぁみんなを集めてこのことを話すのじゃ！　人族に迷惑をかけたら罰を与えるからの？　肝《きも》に銘《めい》じておくのじゃ！」

「分かりました」


こうして……魔王パール主導の、訳の分からない人族勉強会が魔族達の間で始まろうとしていた……。

10　スラムのその後、みんなとの別れ

「ティーゴさん！」

イルさんが俺を見つけ、ドタバタと何やら嬉しそうに走って来た。

「イルさん！」

「いやぁ……このスラムの方達は素晴らしいですね！　皆さん一生懸命《いっしょうけんめい》で……ドンドン仕事を覚えてくれます。教えがいがありますよ！」

満面の笑みでイルさんがほくほくと話す。その顔は達成感に満ち溢れていた。

「イルさん、商売の手解きありがとうございます。これで湯屋も順調な運営のスタートが出来そうですね！」

「あの……ティーゴ様、本当に湯屋の運営権利を私共が頂いてよろしいのでしょうか？」

俺とイルさんの会話を横で聞いていたデニールさんが、少し申し訳なさそうに聞いてきた。

「もちろんです。俺は一つの街に留《とど》まるつもりはないし……それに俺、聖獣達のおかげでお金に余裕があるんですよ！」

俺は貧乏性だが、そこまでお金に執着《しゅうちゃく》がない。

生きていけるだけのお金があれば良いのだ。

後に湯屋の経営で莫大《ばくだい》なお金が入ってくるなどとは、この時の俺は知る由《よし》もなかった。

デニールさんが生きていたことを知った街の人達が、スラムに続々と集まって来る。

「良かった……デニール様は死んだと思ってました」

「この街はまた……昔のような街に戻るのですね……」

「デニール様……うぐっ……良かった……生きて」

街の人達はデニールさんと涙ながらの再会を果たす。街の人達の様子で、どれ程慕《した》われていたのかがよく分かる。

本当に良かった……デニールさんが生きていてくれて。

セロデバスコの街はまた活気溢れる街に戻るだろう。

ん？　デニールさんが街の人達を集めている。何か発表するみたいだな。

「セロデバスコに住む人々よ！　私デニールはゲスイーにより監禁されていた……しかし、そこにおられる天使のティーゴ様が、私を助けてくれました！　そしてスラムをなくし、湯屋を作ってくれました！　天使のティーゴ様に、セロデバスコ領民皆で感謝しようではないか!!」

ウォォォォォォーーーー!!!

デニール侯爵の言葉に、大歓声が巻き起こる。スラムの空気が揺れているようだ。

「「「「天使ティーゴ様」」」」

ちょっ……!?

何を言い出してるの？　デニール侯爵？

俺は冷や汗を垂らしながらデニールさんを見る！

しかし、デニールさんは親指を立て、良いことをしたと言わんばかりのドヤ顔をしている……。

イヤイヤ……天使って？　デニールさん？

セロデバスコの街の人までキラキラした瞳でこっちを見ないでくれ！　俺はただのテイーゴだ！　天使じゃないからな！

これじゃあ……ルクセンベルクと同じじゃないか。

俺はルクセンベルクで神様扱いをされて、街を逃げ出した時のことを思い出していた。

★　★　★

ここは王城の謁見の間。アレクシス王が一人の男と会っていた。

宰相のギールーが男に冷たい視線を送る。

「ゲスイーよ？　何か国王陛下に申すことはあるか？」

王の前に立っているのは、魔道具で後ろ手に縛られ、両腕を騎士達に掴《つか》まれたゲスイーだった。ボロボロの服を着ており、もはや見る影もない。

「私は領地を任されたのです！　デニール侯爵に！」

「ほう？」

ゲスイーの発言に王の眉がピクリと動く……。

「死が近いからと、デニール侯爵が譲渡の手続き等の書類を全て作ってくれ、その書類を自分で提出した後、亡くなりました。私は何もしておりません！　どうして縛られ牢屋に入らねばならないのですか！」

「お主はファラサールが領地に行った時、自《みずか》ら捕まえてくれと言ったらしいのう？　話がおかしくないか？」

王は肘掛《ひじか》けについた手に、気《け》だるそうに顔を乗せた。

「いやっ……あれは！　あの少年が、あまりにも凶暴《きょうぼう》な魔獣を連れていたので怖くて……」

「……もう少しお主の戯言《ざれごと》を聞いてやろうかと思っていたが、反省の様子もなく、反吐《へど》が出る言い訳ばかり……王である私相手によく宣《のたま》えるものだな？」

「えっ……」

「ゲスイーよ？　お前がしたことは全て調べがついている。ギールー、罪状を述べよ！」

ギールーは書類を広げ読み上げる。

「クズノウ・ゲスイーよ！　窃盗《せっとう》罪、殺傷《さっしょう》罪、殺人罪、偽造罪、虚偽《きょぎ》罪によって死刑を命ずる！」

「へっ⁉　そそっそんな、待ってください！　死刑だなんて！」

「何が気に食わぬ？　お前はデニール侯爵邸の者達を残酷《ざんこく》に殺した。それが自分に返って来ただけだ！」

ゲスイーは必死になって食い下がる。

「ですが！　ですが！　セロデバスコの領民はどうするのです？　領主が居なくなれば、領民が困ります！」

「ほう……領民が困ると？　ではその領民に、お主の判決は任せるとしようか？」

「へっ……⁉」

王の言葉の意味を、ゲスイーは理解出来ない。

「ワシは助かった……のか？」

呆《ほう》けた顔で、その場に座り込んでしまった。

★　★　★

翌朝……宰相ギールーが転移の魔道具を使い、セロデバスコの街にゲスイーを連れて来た。

「おいっ、何処に連れて行くんだ！」

ゲスイーは行先が伯爵邸ではないと気付いて騒ぎ出す。

「貴方が言ったんでしょう？　領民達は貴方がいないと困ると？　ですから領民に決めてもらうのです」

「決め……て？　何を？」

ギールーは、セロデバスコで一番大きな広場に、太い木の杭《くい》を打ち込んだ。

それから手慣れた手つきで、ゲスイーをその木の杭に縛りつけると、その場に放置した。

横に、目立つ大きな看板を置いて。

【悪徳領主クズノウ・ゲスイーの処分はセロデバスコの領民に任せる。生かすも殺すも好きにして良し！　国王　アレクシス・ヴァンシュタイン】

丁寧に、王印まで署名《しょめい》の横に押されている。

「貴方が本当に領民達に好かれているなら？　きっと領民が助けてくれますよ？」

看板をチラリと見て、ギールーは転移の魔道具を使い王都に帰って行った。

街の一番目立つ所に放置されたゲスイーに、領民達はすぐに気付き集まって来た。

皆、ゲスイーの横に立て掛けられた看板を読み口々に話す。

「何？　好きにして良い？」

「陛下から許可が！」

「貴族だからって偉そうにしやがって……コイツに親父は殺された」

「父ちゃんの仇《かたき》！」

「私の家を奪って……母さんまで……憎《にく》い」

「コイツを殺せるのか……」

「俺の親父は働き過ぎて死んだ……このクソ野郎のせいで！」

「絶対に許さない……」

領民達はどんどん集まって来る。

「お前達！　私を助けろ！　褒美をやる、おいっ早く助けろ！」

領民達がどんな気持ちでいるのかなど、全く空気の読めないゲスイーには理解出来るはずもなく、周囲に助けを求める。

領民達から発せられる夥《おびただ》しい殺気に気付かないまま……。

やがて、領民の一人がゲスイーに走って行く。

「父ちゃんを返せ！　糞野郎！」

ドゴォ！

「ヘブウッ……⁉」

衝撃音《しょうげき》と共に襲《おそ》ってきた突然の激《はげ》しい痛みに、ゲスイーは自分に何が起きたのか理解出来ない。

それは少年が木の棒で殴りつけた音だった。

「いたっ⁉　何をするんだ！　助けろと言ったのに……なっ……やめっ！　……助け……」

ゲスイーはこの時、やっと事態を理解した。狂気の顔をした領民達が自分を取り囲んでいるのだと。

「ひいっ……金ならいくらでもやるから！　助けてくれ‼」

《ファイヤー》

炎の塊がゲスイーに向かって飛んでいく。領民の一人が魔法をゲスイーに向けて放ったようだ。

「ギャッ！　あつっ！」

「誰がお前の言うことなんか聞くかよ！　陛下からの許しが出たんだ！　簡単に死ねると思うなよ？」

バキッドゴォッと容赦《ようしゃ》ない制裁《せいさい》の音が鳴り響く。

「たっ……たすっ……助けてくれー！」

助けを乞うも、許してくれる領民などいるはずもなく。

「ギャアアァァアーーーーーーッ！」

この後……ゲスイーは領民達に嬲《なぶ》り殺された。

領民達が去った後の広場には、ゲスイーらしき肉片や骨だけが残っていた……。

★　★　★

今日は湯屋のプレオープンの日！

ギルマスのアメリアさん達が湯屋に泊まり、スタッフ達の働き具合や改善点などないかを確認するらしい。

俺達も客として招待されたので、湯屋に泊まってから、エルフの里に向かうことにした。

エルフの里へは、ファラサールさんが明日案内してくれることに決まった。

俺は聖獣のみんなを集めて呼びかける。

「みんなお疲れ様～！　今日は二号が作ってくれた湯屋に泊まろう」

『温泉に入るのだ』

『ティアは楽しみなの！』

『今日はティーゴにシャンプーしてもらうわ！　フフッ』

銀太は尻尾を振り、ティアが楽しそうにくるくると飛び回る。三号も機嫌が良さそうだ。

みんな、温泉が楽しみなんだよな。

「天使様。今日は私達も泊まりますので、よろしくお願いします」

「ましゅ！」

「いっしょだな」

「デニールさん、ルートにミューも！」

デニール侯爵とルートとミューの一家も招待されたみたいだ。

「フフッ、天使様が作った湯屋！　楽しみですね」

「たのちみー♪」

天使様って……その呼び方やめてくれないんだよな……はぁ。

みんなで湯屋に入ると、入り口でイルさんとボルトさんが迎えてくれた。

「ティーゴさん、デニール侯爵様！　プレオープンにお越《こ》しくださりありがとうございます」

イルさんが丁寧に挨拶《あいさつ》をする。

「湯屋のスタッフ達が頑張ってくれてな。俺はすることがなさそうだ。ハハッ」

ボルトさんはガハハッと嬉しそうに笑った。

その笑顔は幸せに満ちていた。

「ティーゴさん！　店内はどうですか？　ジェラール商会から装飾品《そうしょくひん》なども少し寄付させて頂きました」

イルさんに言われて周りを見渡すと、豪華な照明器具や、花が沢山飾られている花瓶《かびん》が並んでいる。でも、一番目に付くのはスタッフ達がお揃いで着ている、見たこともない華《はな》やかな服だ！

「この服もイルさんが？」

「はい！　これは遠く離れた場所にある島国、【倭の国《わのくに》】の式典服《きもの》を真似して作りました。ジェラール商会の新作なんです！　宣伝にもなりますし、こちらも寄付させて頂きました」

さすがイルさんだな。寄付を宣伝に使うとは……商人の鑑《かがみ》だ。

「じゃあ風呂に入るか」

そう言って俺達は男湯に向かったのだが……。

「ちょっ⁉　三号は女湯だろ？」

『今日はティーゴにシャンプーしてもらうの！』

ボンッ！　と音を立てて、三号は黒犬の姿になった。

『あっしもー！』

『俺もだ！』

ボンッボンッ！　一号と二号も黒犬の姿に戻った。

「なっ……美しい女性が犬に……」

変身する瞬間を初めて見たデニールさんは、目をまん丸にしてビックリしている。

「カッコいい……」

「わんしゃん」

ルートとミューはキラキラした瞳で三号達を見ている。

「しょうがないなぁ。さっ、中に入りますよ？」

俺はデニールさんの背中をポンッと押す。

「は……わ……⁉　これ……は？」

「しゅごおい」

「こんなおんせん初めて見た！」

デニールさん達が温泉を見てビックリしている。うんうん！　分かるよその気持ち……

俺も初めて見た時は、ここが本当に温泉だと受け入れるのに時間がかかったよ……。

「天使様……ここは天国でしょうか……」

デニールさん？　何を言い出してるんだ？

「デニールさん、これは温泉だよ！　さぁ、入ろう」

俺達は中の温泉に入る……はじめはキョロキョロして落ち着かなかったデニールさんだが、慣れたのか、今は色々な湯船を満喫《まんきつ》している。

「はぁー、この外にある湯船は最高ですね……」

「たのちぃの」

「オレは風呂がスキになった」

仲良く湯船を満喫している三人。良かった、デニールさん達、楽しそうだな。

そんな三人を横目で見ながら、俺は必死に聖獣達の体を洗っていた。

「さぁ！　後は誰だ？……後はパールか？」

んんっ？　あれっパールが居ないぞ！　一緒に湯屋に来たと思っていたのに、パールが居ない。

「パール？　パール何処だ？　居ないのかー？」

ドタドタドタドタッッと凄い速さで、パールが滑《すべ》るように走り込んできた。

「ここにおったのか！　探したのじゃ！」

パールが息を切らしながら言う。

「パール！　何処行ってたんだよ！」

「いっいやぁ……散歩じゃよ！」

「散歩って……さっ！　シャンプーするからおいで！」

俺はパールの体を濡《ぬ》らし、泡立《あわだ》てる。

ゴシゴシ……ゴシゴシ……と丁寧にマッサージするように洗ってやる。

「ほう……そこじゃ！　そうそう……」

パールが気持ち良さそうにグデーッとしている。

よし、みんなのシャンプー完了だ！　俺もゆっくり湯船に浸かろう。

「はぁ……気持ちいい……」


風呂から出ると、俺達は予《あらかじ》め渡されていた服を着る。この湯屋をウロウロする時の服装らしい。これもイルさんのアイデアだ。

「これは……初めて着る服だな。長い足首まであるマントのような服を、腰で縛って着るのか……」

俺達は着方の説明書を見ながら着る。スタッフの制服に似ているが、こちらの方がラフな恰好《かっこう》なように思う。

一号、二号、三号は人化し、女性用の服を着る。女性用の服は大きな花柄など、派手《はで》な色使いで綺麗な模様が施《ほどこ》されていた。

風呂から出てロビーに行くと、イルさんが大慌てで走って来た。

「ティーゴさん！　どうです？　こちらの館内着《ユカタ》は？」

どうやら館内着《ユカタ》の反応が知りたかったみたいだ。さすがは商売人。

「ちょっと着るのに戸惑ったけど、着たら最高だよ。凄くリラックス出来る」

「良かったです！　この館内着《ユカタ》も倭の国に行った時に感動しまして！　同じようなものを作ったのです。こちらもジェラール商会の新作です」

「イルさん、本当に何から何までありがとう。助かるよ」

「いえいえ……私共ジェラール商会の宣伝にもなりますし、何よりティーゴさんと何かするのは楽しいです。いつでもご相談くださいね！」

「イルさん……」

「さあ！　この後はお食事ですね。お食事は私もご一緒させてくださいね」

俺達は食事スペースに向かう。

この湯屋にみんなで食事をとれる広いスペースが、追加で作られた。

イルさんからリクエストがあり、二号が作っていたのだ。

俺達がワクワクしながら食事スペースに向かうと……先にアメリアさんが座っていた。

「ティーゴ！　この湯屋は最高だわ。この後の食事は、私も一緒に考案したのよ！　楽しみにしててね？」

それは楽しみだな、どんな食事が出るのかな？

「お待たせしました。こちらは焼き米《めし》になります！」

「焼き米？」

何だこの小さな粒々は？　初めて見る……。

「これはこの街の名産品、米を炒《いた》めて作った食べ物よ！」

これが……米！　どんな味がするんだろう……。

恐る恐る口に入れてみる。

「……美味い」

『美味いのだ。色んな味がするのだ！　我は気に入ったのだ！』

銀太が尻尾をご機嫌に揺らし、早くもおかわりを食べている。

『本当ね……こんなに小さな粒なのに深い味わいが……美味しいわ』

『こっこれは……⁉　米粒一つ一つに色んな味が……焼き米という宇宙だ！　俺は今……宇宙の星になったんだ！』

ブッッ!!

スバルよ？　宇宙の星ってなんだ！

これは米だ、焼き米だ！

「どうだティーゴ？　美味しいかい？　新しい名物料理さ」

アメリアさんは焼き米の感想が気になるみたいで、ソワソワしている。

「凄く美味しいです。口の中に旨味《うまみ》が広がります……是非作り方教えてください！」

「気に入って貰えて良かったよ。作り方は米さえあれば簡単よ！　後で教えるわね！」

米がこんなに美味いなんて……後で買い占《し》めたいな！

食後はそれぞれ好きに過ごして、俺はアメリアさんから米の調理法を教わった。銀太達は風呂に入っては変なスキルを会得《えとく》して遊ぶ、というのを何度もやって楽しんでいた。

夜まで遊んだ俺達は、部屋に着くとみんなで倒れるように眠りについたのだった。

★　★　★

——朝日が眩しいな……。

ムギュ……手にふわふわの感触が……これはティアか？

また転《ころ》がって来て、寝相《ねぞう》が悪いなぁ。

「……んん……十時か。もう……こんな時間か……!?　十時!?」

やばい！　寝過ぎた！　ファラサールさんとの待ち合わせ時間だ！

「みんな起きて！　待ち合わせの時間だ！」

『むう……我は眠いのだ……』

『ふぁぁ……』

『……むにゃ』

やばい！　聖獣達に起きる気配が全くない！

こんな時は秘密兵器で釣るしかない。

「頼むよ！　ほら、起きたらリコリパイあげるから！」

『我は起きたのだ！　パイを寄越すのだ』

『起きてるぜっ』

ガップァッと効果音が付きそうな勢いで、聖獣達が飛び起きて来た。

良かった……パイでどうにかなりそうだ。

みんなでパイを頬張りながら、待ち合わせ場所の【セロデバスコの西の門】に走って行くと、既《すで》にファラサールさんは待っていた。その横にはデニールさんとルートとミュー、さらにはアメリアさんにイルさんまで揃っている……どうして。

「みんな……」

「天使様が今日この街を去ると聞きまして、お見送りに参りました」

「ティーゴ、オレさみしい。もっといてほしかったっううっ」

「ミューもっ」

「うわっ」

ルートとミューが、泣きながら抱きついて来た。もちろん俺もギュッと二人を抱きしめ返す。

デニールさんは泣きそうなのを、上を向いてどうにか堪えている。

「ティーゴ！　この街を……幸せな街に……戻してくれてありがとう。またこの街に遊びに来いよな。うわあーーんっ」

アメリアさんが子供のように泣きながら、お礼を言ってくれた。

「アメリアさん……」

「ティーゴさん！　私は当分の間セロデバスコの街に居ますので、私に用がある時はこの街に連絡頂ければ！　お願いします」

イルさんが手を差し出してきたので、俺は握り返す。

「了解です。みんなありがとう！　また遊びに来ます」

「じゃあティーゴ君、エルフの里に行こうか？」

「はい！」

デニールさんたちは涙を拭《ぬぐ》って、手を振りながら送り出してくれた。ルートとミューが何度も何度も「またねー」と言っているのが、街から随分《ずいぶん》離れるまで聞こえていた。


この後、セロデバスコの街は、湯屋の街として有名になる。

セロデバスコの名物湯屋【天使の湯《ティーゴ》】を筆頭《ひっとう》にして……。

11　エルフの里へ

エルフの里の場所を、ファラサールさんが歩きながらみんなに説明してくれる。

「エルフの里へは転移魔法で行くことが出来ないから、歩いて行くしか方法がないんだ。ここから北に向かって半日くらい歩いて行くと【ガイアの森】がある。その森の真ん中辺りに滝があるんだ。そこが里の入り口さ！」

「ほう……ガイアの森か……この国で一番大きな森じゃな？」

パールはガイアの森まで知っているのか。本当に物知りだな。

「そう！　この国で一番大きな森……妖精や精霊達も住んでいるんだ。森の中央に行く程強い魔獣や魔物が出る。ガイアの森にはSランク魔獣や魔物が沢山居るからね」

「そんな……凄い森があるのか！　……んっ？　森の中央に行くとSランク魔獣や魔物が

出るんだよね？　エルフの里は真ん中にあるんだろ？　俺達大丈夫か？」

　俺が少し不安げな表情をすると、すかさず聖獣達が胸を張る。

『主～？　何の心配をしておるのだ？　我はＳＳＳランクなのだ！』

『そうだぜ？　俺もＳＳＳランクだ！　Ｓランク魔獣なんてチョチョイのチョイだ！』

　そうだった……俺の聖獣達はみんなＳＳＳランクだ。

『主～、それよりお腹が減《へ》ったのだ！　我は朝ご飯をちゃんと食べてない……』

『そうだぜ！　腹が減った。飯にしようぜ？』

　銀太とスバルがお腹が減ったとアピールしてくる。朝寝坊して、パイしか食べてないもんな……。

　よし！　何かご飯を作るか！

「ファラサールさん。少し休憩《きゅうけい》して、朝ご飯を食べてもいいですか？」

「僕は全然かまわないよ！　ゆっくり食べてね」

「よーしっ！　みんなっ！　王様のパンを焼くぞー」

　急いでる時は、すぐに焼ける王様のパンに限るな！

「なっ……王様……のパン？」

　王様のパンと聞いて、パールの様子が少しおかしくなる。

「パール？　どうした？」

「あっ……何でもないのじゃ！　まさか王様のパンが出てくるとは……思わなんだ」

パールが一人ぶつぶつと何かを呟いている。何を言ってるんだ？

「さぁー！　どんどん焼いていくからね？」

このために魔導コンロも大きいのを買ったし、フライパンも増やしたし、一度に沢山焼ける。

シャカシャカ……と生地を混ぜて、フライパンに生地を落としていく。

ジュワ～……ッといい音が森に鳴り響く。

甘い……パンの焼ける芳ばしい匂いが辺り一面に広がる……。

食欲を唆《そそ》る良い匂いに聖獣達は生唾を呑み込む。

「ハイ！　焼けたよー！」

ヨダレを垂らし待ちわびているみんなに、王様のパンを配っていく。

「パール、これが王様のパンだよ！」

「王様の……パン…………ああ……懐かしい……みんなで取り合いをして食べたパンと同じじゃ」

何故かパールはパンを口にせずに、黙って見ている。

『おかわりだ！』

『我もおかわりなのだ！』

『私もよ！』

『ティアもなの！』

『あっしも！』

『俺もだ！』

『ちょっ！　俺が一番だからな！』

『我だって！』

その間も、みんなは必死に王様のパンを取り合っている。

「ううっ……美味い……美味いの……じゃ。昔もこうして取り合いしたのう」

パールは食べ始めたと思ったら泣き出した。

「わわっ！　パールどうしたんだ？　何で泣いてるんだ？　もしかして王様のパンの味、嫌いだった？」

「ちっ……違うのじゃ……そのっ……ワシは幸せじゃなあと思って……」

「パール……パンぐらいで大袈裟だよ！　ほらっいっぱい食べて？」

俺はパールのお皿におかわりの王様のパンを置く。

『あっ！　ズルいぞ、俺が先だったのに！』

『そうじゃ！　我が先じゃ！』

それを見たスバルと銀太が文句を言う。

「はいはい！　すぐに焼けるから！」

食いしん坊の聖獣達め！　ちょっとくらい待ってくれよ！

「あのう……僕にもその王様のパンとやらを食べさせてくれないか？」

「えっ？　ファラサールさんも朝ご飯食べてないの？」

「いやぁ……ちゃんと食べてきたんだけど……みんながあまりにも美味しそうに食べるから……えへへ」

ファラサールさんまで食べたくなるとは……王様のパンの破壊力は半端《はんぱ》ないな。

「よーし！　沢山焼くぞ！」

『『『やったー！』』』

この後俺は王様のパンを百枚以上焼いた……。

その先は数えてないから分からないが、一つだけ言えるのは、小麦粉の消費が半端ないってこと……。

大量に買い占めておいて良かった。

やっと……みんなが王様のパンで腹を満たしてくれた。アイツ等、結局何枚食べたんだ？

「ふぅ……やっと俺が食べれるな」

落ち着きゆっくり食べようとした時、キラッと目に光が差し込む。

何かがキラキラ光ってる……？

「んっ？　何だ？」

……アレは……？

ガンガーリスだ。お腹のポケットからレインボーマスカットをチラチラと出している。

それが反射して光っていたのか……。

俺はガンガーリスの所に走って行く。

『キュキュウ！』

ガンガーリスが、大きな尻尾をプリプリさせている。

「お前は……あの時のガンガーリスか？」

『キュウ♪』

ガンガーリスはそうだと言わんばかりに頭を上下に振る。

大きな尻尾はずっとご機嫌に揺れている。

「そうか！　あの時のお前か……みんなは一緒じゃないのか？」

『キュ……キュウ』

俺の質問にガンガーリスは少し気まずそうな表情をする。

「どうしたんだ？　みんなとはぐれたのか？」

『キュッ？　キユウ……？』

ガンガーリスは『？？』ととぼけた表情をする。

何だ？　分からないなぁ……。

とりあえずレインボーマスカットをチラチラ見せてたから、王様のパンが欲しいのかな？

「ガンガーリス？　これが欲しいのか？」

俺は自分が食べようとしていた王様のパンを見せる。

『キュキュウ♡』

ガンガーリスはそうだと言わんばかりに、激しく頭を上下させる。

何だよコイツ！　相変わらず可愛過ぎる。

「分かったよ」

俺は手に持っていた王様のパンをガンガーリスに渡す。

『キユッ……キュキュウ♡』

ガンガーリスはウットリしながら王様のパンを頬張る。

美味そうに食べるなぁ……。

「まだあるぞ？　食うか？」

ガンガーリスは手に持っていた王様のパンを頬袋にしまうと、瞳をキラキラさせながら何度も頭を上下させる。

『キュキュウ……』

「美味かったか？　良かったよ。またな？」

『キュッ！』

ガンガーリスは慌ててレインボーマスカットを俺に差し出す。

「えっ……くれるのか？　ありがとう」

そう言ってガンガーリスの頭を撫でる。

「またな？　仲間の所に帰るんだぞ？」

俺はみんなの所に走って行った。

『キュキュウ……』

この時、ガンガーリスが少し寂《さび》しそうな表情をしていたことなど、全く気付かずに……。

「さぁ！　ガイアの森に向けて出発するぞ！」

閑話《かんわ》――ティアの幸せ

話は少し遡り……。

天使《ティーゴ》の湯にてみんなで宿泊していた時のこと。

『ふふ……どうだ？　我のマントは今日もカッコ良いのう……』

銀太がティーゴに買ってもらったマントを壁に飾り、ウットリと眺《なが》めている。

『まぁ？　俺様のこのネックレスには敵《かな》わねーがな？』

今度はスバルが、カスパールから貰ったネックレスを見せびらかす。

『ふぬぅっ！　我のが一番なのだ！』

銀太とスバルの自慢大会が始まった……これが始まると中々終わらない。

そんな二匹を羨ましそうに見ている一匹の龍がいた。ティアである。

（いいなぁ……銀太は、ティーゴからマントもブレスレットも貰って……）

ティーゴはカスパールに倣《なら》って、使い獣にはお揃いのアイテムを買ってくれる。銀太やスバルはそれを「高貴《こうき》なるオソロ」と呼んでいた。

ティアの分のオソロは、今デボラというエルフが作ってくれている。その出来上がりを待ちながら旅をしているのだ。

（ティアも高貴なるオソロがしたいの……卵の時から大好きなティーゴと）

ティアは卵の時から意識があった。

ある日、魔族にさらわれた彼女は、その悪の力に触れ、次第に何かを破壊したくてたまらなくなっていった。

ティアは自分が怖くなった。だが、その衝動は大きくなるばかりだった。

そんなある時……暖《あたた》かくて幸せな気持ちになった。それが何なのか知りたくて、知りたくて……。

　気付いたら、周りの声が聞こえるようになっていた。

（ああ……！　ティーゴの声が聞こえた時は、本当に嬉しかったの！　ティアを幸せにしてくれたのはティーゴだってすぐに分かったの。ティーゴは卵のティアに、いつも優しく話しかけてくれて……ティアは嬉しかったの！）

　でも……周りのみんながいつも楽しそうに笑っていて、ティアも仲間に入りたいという気持ちが強くなっていった。すると、驚いたことに、卵のままで動けるようになっていた。

　嬉しかったのは、ティーゴが卵のティアの気持ちを察して、一緒にお風呂に入ったり、洗ったりしてくれたことだ。

　そしてティアが卵から生まれた時、ティーゴは魔族に追い詰められていた。卵を渡せと迫られ、魔法で何度も攻撃された。

（あの時は凄く悲しかったの！　でも……どんなに痛い目にあってもティーゴはティアを離さなかったの……！　ティーゴは生まれて来る前からティアの大切な人なの）

「……ティア……」

　誰かがティアのことを呼んでいるが、物思いに耽《ふけ》る彼女はまだ気付かない。

「ティア。ティーア！」

　ビクッ⁉　と体を揺らしてティアは顔を上げる。

『はいなの！』

気付いたらティーゴがティアの目の前に居た。

「どーしたんだ？　ボーッとして」

『なんでもないの！』

「クスッ……そっか？」

ティーゴはティアの頭を優しく撫でる。

（……ティーゴの手は幸せなの！　カッコいいの！）

「ティアにお土産があって！　気に入ってくれるといいんだけど……」

そう言うとティーゴは、アイテムボックスから女の子用の服を取り出した。ジェラール商会で買ったものだ。

「ジャジャーン！　どうだ？　可愛いだろ」

『……』

ティアは黙って下を向いてしまう。

「あれっ？　ティア？　気に入らなかった？」

ボンッ！　と音を立ててティアは人化した。

『ちっ……違うの！　嬉しいのー！　うわーんっ』

人化したティアは、買ってくれた服を泣きながら抱きしめている。

（ティーゴがティアのために買ってくれたの！　ティアだけのものを……。嬉しいの……嬉しいの！　ティーゴはティアに、いつも幸せをくれるの！）

「ティア……こんなに喜ぶなら……もっと早くに買ってあげたら良かった」

ティーゴは泣いているティアをぎゅっと抱きしめ、頭を撫でる。

『このワンピースも可愛いの！』

ティアはもらった五着からワンピースを選んで袖《そで》を通すと、クルクル回りながらみんなに見せる。

『ふふ……ティアったら……よっぽど嬉しかったのね』

『そうだな』

そんなティアの姿を三号と二号は微笑ましく見ていた。

『ふぬぅっ……五つも……我は羨ましいのだ』

やっとティアも、スバルと銀太の自慢大会に参加出来たのだった。

12　ガイアの森

ここがガイアの森か。

俺達はついにガイアの森の入り口まで辿り着いた。

「さあ！　ガイアの森に入りますか！」

ファラサールさんが先頭を切り、俺達はその後をついて行く。

国一番の森だけあって、木々が鬱蒼《うっそう》と何処までも広がっている。

「わぁ！　これはハイポーションが作れるな！　あっ……こっちにも？　この森もお宝がいっぱいだぞ～」

『主は森に入ると楽しそうだの～』

『ああ、ティーゴの大好きな草集めだな！』

『草集めが大好きなんて……変わった趣味《しゅみ》よね。ふふ』

決して趣味というわけではなくて、回復薬の素材を集めているのだが、回復薬など必要のない聖獣達には遊びに見えるらしい。いいけどさ。

「ここから滝までは、半日程歩いて行くと辿り着くと思います」

「そんなに歩くんですね」

そんな会話をしながら歩いていると、ファラサールさんが不思議そうに、辺りをキョロキョロと見回し始めた。

「魔獣が全く出ない……こんなの初めてだ」

そっか、俺達にとってはこれが普通なのだが、ファラサールさんは初めてなんだよな。

「銀太達が居るから怖くて出て来れないんですよ」

「あっそうか！　皆様ランクが高いんだよね。聖獣様達が怖くて、逆に魔獣達が逃げてるんだね」

森を進んで行くと、強烈《きょうれつ》に甘い芳香がして来た。

「なっ……何だこの甘い匂いは？」

『むう……勝手にヨダレが垂れるのだ』

「ああ！　これはジュエルフラワーの香りですね！」

ファラサールさんは、この匂いの元を知ってるらしい。

「これはジュエルフラワーと言って、二メートルくらいの大きな花の香りです。色とりどりの宝石のようにキラキラした花が咲《さ》くことから、ジュエルフラワーと名付けられたと聞きました。その花茎《かけい》からはとても甘い蜜がとれます」

『何⁉　蜜じゃと？　行ってみるのだ！』

『味見してみないとな？』

銀太とスバルが、匂いがする方に走って行ってしまった。

「ちょっと！　待ってよ」

俺は慌てて二匹を追いかける。

「あっ！　ティーゴ君！　ジュエルフラワーの近くには……」

ファラサールさんが何かを言ったようだが、俺は聞き取れなかった。

近付くにつれ、芳香はどんどん強くなる。

甘さで脳が蕩《とろ》けそうだ……。

「これは凄いな……」

少し走ると森が開け、目の前にはキラキラと輝く、ジュエルフラワーの群生地《ぐんせいち》が広がっていた。

二メートル以上ある花茎の先には、宝石のように煌めく大きな花が咲き誇っている。花茎も太くて十センチはありそうだ。

追いついて来たファラサールさんが、驚愕の顔で群生地を見る。

「なっ……!? この場所にはジャイコブウルフが守っていて、本来なら近寄れないのに……ジャイコブウルフ達まで逃げてしまう程に、銀太様達は強いのか……」

「ジャイコブウルフ?」

初めて聞く名前の魔獣だ。

「A~Sランクの超危険な魔獣だよ！　いつも群《む》れで行動するから、出くわすと大変なんだ。しかも統率もとれて賢い。本当ならこの場所には、いつも百匹以上のジャイコブウルフが居るはずなんだ。誰も恐ろしくてこの場所には近寄らないんだよ！」

そんな恐ろしい場所に余裕で近寄れる銀太達……最強過ぎる……。

『おいエルフよ！　この蜜はどうやって食べるんだよ？』

そんな中、空気を読まない食いしん坊スバルが食べ方を聞いてきた。相変わらずと言うべきか。

「ああ、それはですね。花茎の一番下を切り取ると下から蜜がタレてきます。花茎の中心は空洞《くうどう》になっていて、そこに蜜がたっぷり詰まってるんです。ほら、こんな風に」

ファラサールさんは近くの花茎を切り、切り口から蜜を舐《な》め取る。

『なるほどな！』

スバルと銀太も真似をして花茎を切り取る。

『うっ……美味いぞこの蜜！　めちゃくちゃ甘いのにアッサリで……ああ……これが溺れるっていう事か！』

何に溺れるんだよ！

そうだ、これは王様のパンにかけたら合いそうだな。朝焼いたのがまだ残ってたはず。

「みんな～王様のパンに蜜をかけたら、美味いんじゃないか？」

『それは！　絶対に美味しいの！　ティアは絶対に食べたいの！』

俺が呼びかけるとみんなが集まって、こぞって王様のパンに蜜をつける。

「うむ！　濃厚《のうこう》じゃのにアッサリした蜜と王様のパンの組み合わせ……最強じゃの！」

「……美味い」

予想通りだ。王様のパンには、このジュエルフラワーの蜜がバッチリだ！

『美味いな！　ティーゴの旦那、王様のパンのおかわりはまだあるのか？　もっと食べたい！』

『我もだ！』

おかわりはないなぁ……。まさかこんなに大好評だとは。

これは、王様のパンをもう一度焼くしかないな！

「分かったよ、今から焼くよ！」

『ティアは嬉しいの！』

シャカシャカ……と王様のパンの材料を大急ぎで混ぜて……っと。

後はどんどん焼いていくだけだ。

王様のパンの焼ける芳ばしい匂いが広がったと思ったら。

ズチャ!!

ジャイ♪　ジャイ♪　ジャイコブ♪　ジャイジャイジャイコブ♪

なっ!?　なんだ？

謎のリズムと共に、目の前に二メートル程の魔獣が一匹、歌いながら現れた。

なんだコイツは？

シュタタッ!!

ジャイジャイ♪　ジャイコブ♪　ジャイジャイジャイジャイコブ〜♪

ジャイジャイジャイコブ♪

また二匹増えた。

何だコイツ等は？　歌いながら不思議な踊《おど》りを踊っている。何だこれ……？

ジャイコブジャイコブ♪　ジャイジャイジャイコブ♪　ジャイジャイ♪　ジャイコブ♪

ブッ!!

今度は二十匹に増えた。

歌と統率の取れた壮大なダンスの迫力が、どんどん凄いことになっていく。

ジャイ〜〜コブ♪　ジャイコブ♪　ジャイジャイ〜ジャイコブ♪　ジャイジャイジャイジャイコブ♪　ジャジャジャーイ♪

百匹くらいに増えた魔獣達がピタッとダンスをやめて、一斉にお辞儀をした。

「これはジャイコブウルフですね……」

ファラサールさんが驚きながら教えてくれる。

これがジャイコブウルフだって⁉

「ジャイコブウルフは凶悪《きょうあく》だって、さっきファラサールさん言ってなかった？」

「ええと……そのはずなんですが……これは一体？」

ファラサールさんは意味が分からないといった様子で、何度も首を傾げている。

　すると二匹のジャイコブウルフが、俺の前に座って頭を下げる。

「何だ？」

『主～、ジャイコブウルフの奴がの！　歌とダンスを披露するから、王様のパンを食べさせてくれと言うておる』

「えー！！　あのダンスは王様のパンが欲しくて？」

『みたいだな！　コイツ等、俺達が怖くて震えながらお願いしてるぜ？　よっぽど王様のパンが食べたいんだな』

　スバルが『食い辛抱《しんぼう》な奴らだぜ』と呆れたように言っているが、お前も同じだけどな？

　ジャイコブウルフ達は、震えながらもそうだと頷き、何度もお辞儀をする。

　魔獣っていうのは、ランクが上がるにつれ食いしん坊になるのか？

「分かったよ。お前達にも王様のパンを焼いてやるよ！」

♪♪♪ジャイジャイジャイコブ♪♪♪♪

　俺の言葉を聞き、またジャイコブウルフ達は踊り出した。

　ダンスが得意って……面白い魔獣も居るもんだな。

　気が付くと、ティアや銀太達もダンスに交ざっている。

　ジャイジャイ♪　ジャイコブ♪　ジャイジャイジャイコブ♪♪♪♪

　この後、ジャイコブ達との王様のパン祭りは夜まで続き……俺達はこの場所で、倒れるように眠りについた。


「……うう～ん」

もう朝か……昨日のパン祭りは面白かったなぁ……癖になる、あの不思議なダンス。あれを思い出すだけで口元が綻ぶ。

さぁて、みんなが寝てる内に、朝ご飯の準備をしようかな。

今日はアレをやってみたいんだよな。

そう、米料理！　炊《た》き方はアメリアさんに伝授《でんじゅ》してもらったからバッチリだ。

この白い米は、ほんのり甘くてどんな料理にも合いそうなんだよな。

まずは土魔法で釜戸《かまど》を何個か作って、米を炊いていく。

米は火加減が難《むずか》しいんだよな。昨日初めて炊いた時は、タイミングを間違えて底を真っ黒焦げにしちゃったんだよなぁ……。

米が炊けるのを待っている間に、薄く切ったワイバーンの肉を、濃《こ》いめの甘辛いタレと一緒に炒める。甘みの味付けには、ジュエルフラワーの蜜を使ってみた。濃いけどサッパリしているから、肉との相性《あいしょう》が良さそうだ。

ジュワ～……っと肉汁の弾ける良い音が鳴る。

肉が良い具合に焼けてきた。これを甘辛タレで味付けして、っと。

ああ……美味そうな匂いがしてきた！　どんどん焼いていくぞ！

俺が必死に肉を焼いていると……。

「ん？」

ジュエルフラワーの花茎と花茎の間から、大きな尻尾がプリプリ動くのが見える。

あの尻尾は……アイツか？

まさかアレで隠れているつもりなのか？　尻尾が丸見えだけど……？

俺は大きな尻尾目掛けて走って行く。

「おい？」

『キュ？　キュキュウ？』

やっぱりガンガーリスだ……。

何で見つかったのかなぁ？　みたいな顔してるな。

「尻尾が丸見えだよ！」

『キュッ!?』

ガンガーリスはしまったと言わんばかりに、大きな尻尾をギュッと抱きしめて俺を見る。

「お前ついて来たのか？」

『キュッキュ～ウ？』

ガンガーリスはたまたま会っただけだよ～とアピールする。

なんだろう……言葉は分からないけど、コイツの考えていることが手に取るように分かる気がする。

「お前、この森は危険なんだぞ？　もうこの場所はAやSランクの魔獣がウヨウヨしてるし……お前なんか一撃で殺《や》られるぞ？」

『キュッ!!』

ガンガーリスは俺の言葉に驚き、震えながら周りをキョロキョロ見渡す。

「お前よく無事だったなぁ？」

予想だが、コイツは俺達の近くに居たから、魔獣が寄って来なくて助かったんだろうな。

運が良い奴だ。

『キュキュウ！』

フンスッ。

ガンガーリスは鼻息荒く、ドヤァ……凄いだろとアピールする。

はぁ……。

「お前なぁ……」

けど、このままコイツと離れたら、すぐに高ランク魔獣に殺られるかも……だしなぁ。

コイツとはちょっと仲良くなっちゃったしな……魔獣に殺られるのは嫌だ。

「なぁ……お前？　この森に居る間は、俺達と一緒に居るか？」

『キュッ‼』

プリプリプリプリプリプリプリと、ガンガーリスの尻尾が嬉しさのあまり高速で動く。

『キュキュウ！』

ガンガーリスは一緒に居たいと頭を上下させる。

ははっ、可愛いなぁ。

「よしっ。ついて来い！　みんなにも紹介してやるよ」

『キュキュウ♪』

プリプリプリプリプリッ。

ガンガーリスはまた大きな尻尾を高速でプリプリさせながら、俺の後をついて来る。

「今、みんなはまだ寝てるから大人しく待ってろよ？」

『キュッ……キュキュウ』

銀太達の姿を見て怖くなったのか、俺の足にしがみ付いてきた。

「大丈夫だから、みんないい奴なんだ！」

『キュキュウ……』

「俺はご飯作ってるからな。ちょっと待ってて」

おっ？　ご飯が炊けてるぞ……上手く炊けたかな？　どれっ？　味見……。

米を一口食べ、味わうように噛み締める。

「美味ぁーっ。バッチリだ」

『キュキュウ♪』

俺が美味しそうに食べるので、ガンガーリスも米が気になるみたいだ。

「お前も食べたいのか？　もうちょい待ってくれよ？」

どんぶりに米を入れて……その上に濃いめに味付けした肉を載せる。

「出来た！　ワイバーンの肉丼だ！」

どれ……味見……モグッ……!!

美味い！　濃いめに味付けした肉が、米と食べるとちょうど良い甘辛さになってるぞ。

モグッモグ……ゴクンッ。っとあまりの美味さに、一気に咀嚼《そしゃく》して呑み込む。

「これは何杯でも食べれるな」

『キュキュウ♪♪♪』

ガンガーリスが物欲しそうに俺を見つめてくる。

「お前も食べるか？　美味いぞー」

俺はガンガーリスに肉丼を渡す。

『モキュッ……⁉　キュッフ♡』

ガンガーリスは一口食べて飛び上がった後、気に入ったのか必死に頬張り始める。

『キュキュウ♪』

「そーだろ？　美味いだろ？」

『主〜、美味そうな匂いがする』

銀太が起きて来た。

『あっ！　お主！　先に何を食べておるのだ？　それを我に寄越すのだ！』

『キュッ⁉』

ガンガーリスは慌てて口いっぱいに、残っていた肉丼を入れる。

『ああ……なくなったのだ……』

「あははっ」

ガンガーリスも食いしん坊だな。

「銀太のもあるから？　ほらっ、肉丼だ！」

『肉丼！　美味そうなのだ』

銀太は一口でどんぶりに入ったご飯を平《たい》らげる。

『美味いのだ！　肉丼。甘辛い味も最高だ！　米も美味いのだな！　おかわりなのだ！』

『キュキュウ！』

「はいはい……」

二匹におかわりを用意していると、パタパタパタパタパタッとティアが飛んで来た。

『美味しそうなの！　ティアも食べたいの！』

「美味そうな匂いじゃのう……」

パールも匂いに釣られて起きて来た。

「はい肉丼だ。米と一緒に食べると美味いんだ」

『おいちーの！　はぁ……ティアは幸せなの！』

ティアがパタパタと食べながら飛び回る。

「こらティア！　飛びながら食べない！」

『また美味そうなの作ってるじゃねーか』

目を擦りながらスバルが起きて来た。

「スバルおはよう。朝食は肉丼だ！」

『肉丼？　どれ……』

スバルが肉丼を口に放り込む。

『うっ美味い！　肉と米が一緒になって……これは肉と米が奏《かな》でるハーモニー……』

スバルはどんぶりを天高く持ち上げる。

スバルよ……何のハーモニーだ。

『おはよー。美味そうな匂いしてるじゃない？』

『美味そうっすねー』

『お腹が空《す》いた』

みんなが起きて来た、忙しくなるぞー！

★★★

『はぁ……お腹いっぱいなのだ』

『もう食えねーな……』

『キュキュウ』

『……ねぇ……？　この子どーしたの？　一緒にご飯食べてるけど？』

三号は当たり前のように居座っているガンガーリスのことを不思議に思ったのか、聞いてきた。

「あっコイツはさ……前に仲良くなったガンガーリスなんだけど……群れからはぐれて、俺について来たみたいなんだ」

『そうなの？　どうするの？』

「この森は高ランク魔獣や魔物が多くて危険だからな、森に居る間は一緒に居ようと思って……いいかな？」

『別にいいんじゃない？』

『主が良いなら我は良いのだ』

三号と銀太に続いて、他のみんなも賛成の意思を表明してくれた。

『キュキュウ……♡』

ガンガーリスはみんなの優しさが嬉しくて、瞳をウルウルさせている。

「良かったな？　お前」

『キュキュウ♪』

プリプリプリプリプリプリッ。また尻尾を高速で振ってるぞ。よっぽど嬉しかったんだな。

『ティーゴ？「お前」はないんじゃない？　この魔獣に名前を付けてあげたら？』

『キュッ!!』

プリプリプリプリプリプリッ！

ガンガーリスは三号の提案が嬉しくて、尻尾のプリがさらに高速になる。

「名前かぁ……」

名前を付けるつもりはなかったんだけどな……別れの時が余計に辛くなりそうだしな。

でもあんなに嬉しそうにされたら、付けない訳にはな。

うーん……？　コイツはよくキュッって鳴くから……。

「キューだ！」

『キュキュウ♪』

『キューね？　分かりやすくていいんじゃない？』

こうして旅の楽しい仲間が増えた。

この時の俺は、いずれ仲間の所にガンガーリスが戻る日が来たら、別れが寂しくなるなぁと思っていたんだが……そんな時は一向に訪れないのであった。

13　異空間の活用法

キュキュウ♪

ジャイジャイジャイコブ～♪　キュッキュ♪

ジャイジャイ♪　キュキュウ♪

ジャイジャイジャイコブ～♪

ジャイジャイ♪　キュキュウ♪　ジャイジャイジャイコブ♪

何だこれは……。

朝ご飯を食べ終わると、何処からかジャイコブウルフ達が少しずつ集まり……キューと一緒にダンスを始めた。

今ではそこに銀太とスバルも交ざり、楽しそうに踊っている。

何だこれ……あははっ。

まぁ……朝からみんな楽しそうで良かった。

「のう？　ティーゴよ、ワシはこのジュエルフラワーの蜜が気に入ったのじゃ。これを其方の持つ異空間で育ててみたらどうじゃ？」

パールが面白い提案をして来た。

異空間か、すっかり忘れてたよ。セロデバスコに着く前、カスパール様の隠れ家があった森で、俺達は不思議な文が刻まれた石碑《せきひ》を見つけた。その石碑の謎を解いた褒美として、俺は異空間に出入り出来る鍵を手に入れたのだ。

異空間はとんでもなくだだっ広くて、今はただ大自然があるだけだ。

あそこでジュエルフラワーを育てるだって？

「パール、そんなことが可能なのか？」

「そんなの簡単じゃ！　ジュエルフラワーの苗《なえ》を、異空間に植えたら良いだけじゃ！」

パールは何を言うておるんじゃと俺を見る。

「そっ……そうか……確かに」

異空間で作物を作る……何だそれ！　めちゃめちゃ楽しそうじゃないか！

「パール！　お前は天才だよ。そんな活用法、俺は考えもつかなかった」

「まっ……まぁ？　ワシは天才じゃから……」

パールが物凄いドヤ顔をしている。

よし！　そうと決まれば、異空間に移植するジュエルフラワーの苗を、どんどんアイテムボックスに収納していくか。

俺が必死にジュエルフラワーの苗を収納していたら、銀太がジャイコブウルフを二匹連れて来た。

『主〜、此奴等が話があるんだと！』

「えっ？　俺に？」

俺の目の前に、ジャイコブウルフが二匹跪いた。

『ジャイジャイ♪　ジャイコブ』

『主〜、ジャイコブウルフがテイムして欲しいって言うておる！』

「ええっ？」

ジャイコブウルフはそうだと言わんばかりに、頭を上下に振る。

「『テイムして欲しい』って言ってくれるのは嬉しいんだけど……俺はSランク以上じゃないとテイム出来ないんだよな」

俺がそう言うと、踊り出すジャイコブウルフ達。何だ？　喜んでるのか？

『主〜？　此奴等はSランクじゃ！』

「えっ！」

俺は慌てて鑑定《かんてい》する。

【ジャイコブウルフ】
名前　ナシ
種族　ウルフ族
ランク　S
年齢　105
性別　ナシ
レベル　215
攻撃力　25750
魔力　23157
体力　45827
幸運　4489
スキル　統率者　魅惑のダンス
ティーゴに今すぐテイムしてもらいたい。

本当だ……Sランクだ！　しかも魅惑のダンスって……そんなスキルがあるのか。
あわっ……「テイムしてもらいたい」って書いてある。

他のジャイコブウルフ達も、俺の所に集まって来た。

『此奴等二匹をテイムしたら、他のジャイコブウルフ達も一緒について来るみたいじゃのう』

「えっ？　百匹くらい居るよ？」

こんな大勢連れて行動するとか無理だろ……困ったな。

「のう……ティーゴ？　此奴等に、異空間でジュエルフラワーを育ててもらったらどうじゃ？」

「異空間で？　パール、どういうことだ？」

「此奴等はここのジュエルフラワーを守っておったみたいじゃし。あの広い異空間なら、大勢おっても問題ないじゃろーて！」

そうか……確かに。異空間の中なら、大勢連れて行動出来る。

「パール！　お前はほんと凄いな」

「まっまぁ？　ワシは天才じゃからの？」

『ジャイジャイ？』

ジャイコブウルフ達が俺を不安そうに見ている。

「ジャイコブウルフ達！　テイムするぞ！」

ジャイコブウルフは、嬉しそうに尻尾をブンブンさせる。

『ジャイジャイ♪』

《テイム》

眩い光が辺りを包み込み、温かい何かが俺の中に入って来る。

「じゃあ、お前が【ハク】、そして【ロウ】だ！」

白い毛にグレーが混ざっているジャイコブウルフはハク、濃いグレーのジャイコブウルフをロウと名付けた。

『主様《ぬしさま》よろしくジャイ♪』

「よろしくなハク！」

『主様テイムしてくれて嬉しいコブ』

「俺もだよロウ！」

俺にテイムされたことで、ハクとロウは人語を話せるようになった。

ジャイジャイ♪　ジャイコブ♪　ジャイジャイジャイコブ♪

ハクとロウを筆頭に、ジャイコブウルフ達の喜びのダンスがまた始まった。

新しい仲間が増えて、異空間の活用法も決まり……何だか面白くなってきたぞー！

「……凄いよティーゴ君！　凶悪なジャイコブウルフまでテイムするなんて！」

ずーっと黙って見守っていたファラサールさんが、興奮気味に話す。

いや……全然凶悪でもなかったけどな。アイツ等はダンス好きの陽気《ようき》な魔獣だ！

「不思議だ……魔獣達はティーゴ君の食べ物の虜《とりこ》になってテイムされたくなっている。ティーゴ君の料理は確かに美味しい！　でもきっとそれだけじゃないような気がするよ、僕は！」

「いやいや……たまたまですよ、俺の料理は普通だから！」

「そうかな……？」

ファラサールさんは少し納得がいかない顔をしているが、確証《かくしょう》もないためそれ以上は何も言わなかった。

「ティーゴ！　異空間を出すのじゃ！」

ソワソワしたパールが待ち切れずに俺の所に来る。

パールは新しいことが楽しみで、ワクワクしている。

「分かった！」

俺はアイテムボックスから異空間の鍵を取り出し、何もない空間に差す……すると、異空間に繋がる大きな扉が現れた。

「おお……扉が現れた！」

「よし！　異空間に行くのじゃ！」

ファラサールさんが驚きの声を上げ、パールがノリノリで前足を上げる。

待て待て、アイツ等も連れて行かないと！

「おーい！　ハク、ロウ！」

ジャイ♪　ジャイ♪　ジャイコブ♪　ジャイジャイジャイコブ♪

楽しくダンスしているハクとロウを呼ぶと、踊りながらやって来た。

『主様？　何か用じゃい？』

ブッッ……ククッ踊っ……！　そんな歩き方あるのか。

『主様？　どうしたコブか？』

面白過ぎて……中々話せない。

「そのっ……ブハッ……おっ、お前達の住処に案内しようと思って！　ついて来てくれ」

『分かったのジャイ』

『行くコブ』

二匹を従《したが》えて、俺は異空間の扉を開ける。

『なっ？　何ジャイ！　この世界は⁉』

『ハワワワッ！　広いステージジコブ！』

ハクとロウは初めて入る異空間にビックリしている。

「何もないからのう！　色々と作り放題じゃのう……ふむ。ここらにジュエルフラワーを植えるか！」

パールが指さしたのは、扉の近くにある原っぱだった。

「ここでいいのか？」

「そうじゃ！　でもこのままじゃと植え難《にく》いのう……」

草がぼうぼうに生えていて、確かに農作業は難しそうだ。

『俺に任せてくれ！』

二号が魔法で土をどんどん耕《たがや》していく。

「凄い……一瞬で畑が……」

俺はアイテムボックスに収納していた、ジュエルフラワーを出していく。

するとジャイコブウルフ達が、率先《そっせん》してジュエルフラワーを植え出した。

『ジュエルフラワーの扱いは我らに任せてくれジャイ！』

『我らの大好物コブ！　いつも世話してたコブから！』

ハクとロウが仕切ってくれ、ジャイコブウルフ達はどんどんジュエルフラワーを植えていく。

あれ？　俺がアイテムボックスから出した分はもうとっくになくなってるはず……アイツ等は何を植えているんだ？

なんと！　ジャイコブウルフ達は扉を行ったり来たりしながら、さらにジュエルフラワーを運んでいた。

まさかアイツ等、ガイアの森にあるジュエルフラワーを全部持って来る気じゃ？

ジャイジャイ♪　ジャイコブ♪　ジャイジャイジャイジャイコブ♪♪♪

ジャイコブウルフ達は、楽しそうに歌いながら運んでは植えていく。

あっという間に、ジュエルフラワーの花畑が完成した。

『ふむ……花だけではちょっと物足りないな……』

「そうじゃのう。せっかくのこの広い空間！　もっと有効に使いたいのじゃ！」

二号とパールが何やら楽しそうに相談している……今度は何をする気だ？

そういえば銀太とスバル……それに一号と三号は異空間に来てないんだな……何してるんだ？

俺は銀太達の様子が気になり、異空間の扉から出る。

「気持ち良さそうだな」

銀太達は木漏《こも》れ日の中、すやすやと昼寝をしていた。起こすのは可哀想だし……このまままもう少し寝かせてあげよう。

そう思ってパール達が居る異空間に戻ると——

「なっ⁉」

俺が扉から出て、少しの時間しか経ってないはずなのに……木で出来た大きな小屋が建っていた。

「何だこれは？」

「おお！　ティーゴ！　これはじゃの……ジャイコブウルフ達の住処じゃ！」

ジャイコブ♪　ジャイコブ♪　ジャイジャイジャイコブ♪　キュキュウ♪　ジャイジャイコブ♪

ジャイコブウルフ達が広い小屋の中で、楽しそうに踊っている。

ん？　ティアとキューも交ざって踊っている……ブッッ！

「嬉しそうだな」

「次はワシらの家を作ろうと思っての！　材料が足りないので、今から二号とガイアの森に木を取りに行って来る」

えっ？　パール？　今、何て言った？

「ワシらの家？」

「そうじゃ、異空間に家があったら便利じゃろ？　これで野宿もしなくて済むのじゃ！　二号行くぞ！」

『おう！』

パールと二号は楽しそうに扉を開けてガイアの森に消えていった。あの二匹、気が合ってるなぁ。

それにしても、異空間に家？

何かどんどん凄いことになってないか……？

……家って、普通の家だよな？

★★★

パールと二号が家を作ってくれている間、俺は何もすることがないから作り置きのご飯を作ることにした。

やっぱり米料理を作りたいなぁ……挑戦してみるか！　焼き米に！

米と一緒に炒める食材は、何でも合うってアメリアさんが言ってたから……海の幸やキングクラブを使ってみようかな……想像だと絶対に美味いんだよな。

そうと決まったら焼き米の準備だな。早速釜戸を作って米を炊く。

米が炊けるのを待つ間に、一緒に炒めるキングクラブとクラーケンを細かく切って……

あとエビも下準備して。

ああ……米！　早く炊けないかな。魔法で作った釜戸のおかげで、数分もすると、米の炊ける良い匂いがしてきた……あと少しだな。

よし！　もういいだろ。

「どれ……？」

良い感じに炊けたぞ。炊けてすぐより、少し時間を置いた方が良いって、アメリアさんが言ってたから……その間にキングクラブとクラーケンを塩胡椒《しおこしょう》で味付けし、フライパンに載せて油と炒める。

炒めていると良い出汁《だし》が出てきた。

一旦《いったん》取り出して、そこに割りほぐした卵を入れて軽く炒めてから、米を投入！

「さあ！　ここから一気に炒めるぞ！」

キングクラブとクラーケンを出汁と一緒に入れ、強火で炒める。ここに母さん特製の秘伝の調味料を加えて完成だ！

「美味いのかな……」

一口含み、味わうように噛み締めると――

「!!」

濃厚な魚介類の旨味が米にしっかりと染み込み……めちゃくちゃ美味い！

アメリアさんが作ってくれたみたいに、米がパラパラにはならなかったけど、味は海の幸のおかげで最高に美味い！

「どんどん作るぞー！」

俺が必死に焼き米を作っている間に……想像を遥《はる》かに上回《うわまわ》る家が完成しつつあった。

「何だこれは⁉」

「何って家じゃ！」

焼き米を必死に作っていたら、パールが「家が完成した」と呼びにきた。

それを見に行った俺は呆然《ぼうぜん》とする。

……これは家なのか？

「何と、この異空間……源泉が湧《わ》いておったのじゃ！　じゃから家に大きな温泉を作ったのじゃ！　そしたらちいと少し大きな家になってしもうた」

少し？　これが？　湯屋と比べたら小さいけどな？

でも普通の家の大きさではないぞ？

三十人くらいは住めそうだぞ？

俺の目の前には、豪華な三階建ての大きな家が建っていた。

『主様の家ジャイか？』

「ハク……みたいだな」

『大きいコブねー』

「ロウ……だよな……」

ハクとロウも突然現れた家に驚いている。

『ティーゴ！　俺はこの異空間をもっと色々と改良したい！』

二号が煌めいた目で熱く語る。

『そういう訳で、俺はちょっと異空間に籠《こも》る』

「えっ……籠る？　良いけど」

　何をする気なんだ二号？

『主～、我はお腹が空《す》いた……！　何なのだこれは？』

　昼寝していた銀太が目を覚《さ》ましてやって来た。お前等は口を開くと『お腹空《す》いた』だな。

「俺達の家だよ！」

『ほう……豪華だのう！』

　銀太は家が嬉しいのか、尻尾をブンブンと揺らし喜んでいる。

「凄いのが出来ましたね……僕は作っているところを見ていましたが……普通ではあり得ません！」

　ファラサールさんは驚きを隠せない。その気持ち、分かる。

「ですよね！　作るスピードが速過ぎる！」

　昼寝していたみんなが家に続々と集まって来た。

『また凄い家作ったわね～。これでいつでも温泉に入れるのね！　ふふふっ嬉しいわ』

　三号はどうやら温泉付きなのが気に入ったみたいだ。

『ティーゴの旦那……腹減った……』

『我もじゃ！』

　スバルと銀太……食いしん坊コンビよ。

「よーしっ飯にしようか！」

俺はさっき大量に作り置きした焼き米を、アイテムボックスから出してみんなに配る。

『なっ……何て美味さだ！　口の中に海が！　俺は今海を泳いでいる……』

ブッッ！　スバルよ……何で焼き米食べて海を泳ぐんだよ！

「米……初めて食べましたが、美味しいですね……蟹《かに》の旨味が凝縮《ぎょうしゅく》されて、さらにこのクラーケンのプリッとした歯応《はごた》えが良いですね。はぁ……美味しい」

ファラサールさんはウットリしながら焼き米を食べている。

キューが尻尾をプリプリしながら嬉しそうに食べている。

『キュキュウ♪　キュウ♪』

『なんジャイこれは！　初めて食べた……美味過ぎて……嗚呼《ああ》！　体が勝手に踊り出す……』

ジャイ♪　ジャイ♪　ジャイコブ♪　ジャイジャイジャイコブ♪　キュッキュー♪

ハクとロウは食べたりダンスしたり忙しいな。

海の幸焼き米は、みんなに大好評だった。良かった。

寄り道をして予定より時間がかかったが、エルフの里まであと少し……。

お腹もいっぱいになったし出発だ！

14　ここがエルフの里

「何て大きな滝なんだ……綺麗だな」

「ふふ……綺麗だよね。このハバス滝の周りには強い魔獣や魔物が居るため、普通の人間では近寄ることが出来ない……人間でハバス滝に来たのはティーゴ君が初めてじゃないかな?」

俺達はとうとうエルフの里の入り口、ハバス滝に辿り着いた。

『水の色がキラキラして綺麗なの!』

ティアはパタパタと飛び回り喜んでいる。

銀太が水面に顔を近付けペロリと舐める。

『美味いの……これは聖水《せいすい》か……』

「そうなのです!　銀太様、この滝の水は聖龍様が清めているので、飲めば体の異常やケガなどが回復します」

「凄い水なんだな……」

辺りを見渡すと魔獣が水を飲みに来ている。飲んだら逃げるように居なくなるが……銀太達が怖いんだろう。

「ではエルフの里に行きましょう！　今から開門しますよ、見ててくださいね」

ファラサールさんは滝に向かって何かの言葉を喋り出す。何を言ってるのか全く分からないから、いつものとは違う言語なんだろう。

数分すると、滝が真ん中から割れ出した……!!

『何なの？　ティアはちょっと怖いの！』

ティアが俺の頭にしがみつく。

『ほう……おもしれーじゃねーか？』

『うむ……滝が割れるとはの』

スバルと銀太は興味深々で滝を見ている。

滝が綺麗に真っ二つ《まぷた》に割れると、真ん中に洞窟の入り口が現れた。

「あれがエルフの里への入り口です！　さぁ皆さん行きましょう」

『ふふ……何だか面白そうね♪』

『ワクワクするジャイ』

『洞窟の先はどうなってるんだ？』

聖獣達はワクワクと楽しそうだ。

俺達が洞窟に入ると滝は元通りに閉じた。洞窟は灯《あか》りもないのに明るい……壁が光っている？

「ふふ……ティーゴ君。何でこんなに明るいのか不思議かい？」

「へっ……はい」

ファラサールさんが俺の心を読んだかのように話しかけてきた。

「それはね？　この壁に妖精の粉が塗り込まれているからなんだ。だから壁はずっとキラキラと光っている」

「妖精？」

「ああ！　エルフの里には沢山の妖精が居るんだよ！」

「妖精か……見たことないですよ」

外の光が洞窟内に入って来た。ここを出たらエルフの里なのか？

「さぁ！　エルフの里へようこそ！」

洞窟の外に出ると……翼を付けた手のひら程の大きさの小人が、いっぱい空を飛んでいる。

「ティーゴ君！　あれが妖精だよ！」

ファラサールさんが指差し教えてくれた。

「妖精……初めて見た！」

綺麗だな……虹色《にじいろ》の光を纏《まと》っているようだ。

エルフの里は、建物が全て木の上や木と木の間に建っていた。

ツリーハウスと言うらしい。不思議だ……。

俺がキョロキョロと辺りを見ていると、一人のエルフが走って来た。

「こんにちは、聖獣様！　あの時は本当にありがとうございました！」

エルフの人がお辞儀する。俺はその顔を見て思い出す。

「あっ！　貴方は魔族に捕まっていた！」

「そうです。私はヒューイと言います。助けて頂いた上、卵まで……またお仲間が増えたんですね」

以前、魔族に捕まっていたこの男性を、俺と銀太とスバルで助けたことがある。彼は魔族に奪われた聖龍の卵を取り返し、そのせいで追われていた。助けた後、俺達は彼から卵を預かった。その卵から孵ったのがティアだ。

「そういえば名乗ってなかったよな。俺はティーゴだ！　よろしくな」

『ちょっと！　ティアは卵じゃないの！　ティアって可愛い名前があるの！』

卵と言われてティアが飛び出して来た。

「わわっ！　貴方様は……もしや……」

『ティアよ！』

「そうだよ！　あの時預かった卵が生まれたんだ！」

「ああ……何と美しい……邪龍が生まれてくるかと……それがこんなに美しい龍として誕《たん》生《じょう》するなんて……ありがとうございます」

ヒューイさんは何度も何度も泣きながらお礼を言ってくれた。魔族によって悪の力が注ぎ込まれた卵からは、邪龍が誕生する可能性がかなり高かった。もし邪龍が生まれたら、聖獣である銀太とスバルが葬《ほうむ》ることになっていたのだが……そうならなくて良かった。

「ヒューイだったのか……ティーゴ君に卵を託《たく》したのは……」

「ファラサール！　帰って来たのか？」

「ティーゴ君達をエルフの里に案内しに来たんだよ」

どうやらファラサールさんとヒューイさんは、幼《おさな》馴《な》染《じみ》なんだとか。

「さぁ聖龍様に挨拶に行きましょう！」

エルフの里を奥に進むと大きな湖があり、湖の真ん中に太くて葉の茂った大きな木が一本だけ植わっていた。

「あの木の上に聖龍様はいらっしゃいます」

「あの場所にどうやって行くんだ？」

「見ててくださいね？」

そう言うとヒューイさんは、湖の上をスタスタと歩いて行く……！

「え……？　どうなってるんだ？」

「おい！　ヒューイ、ちゃんとティーゴ君に説明しないか！」

「ちょっとビックリさせたくて……すみません。この湖は聖龍様の魔力により、水の上を歩けるようになっています。心が邪悪《じゃあく》な者は沈《しず》みますがね？」

歩けるだって？

パッシャパシャ！　とすぐに水音がした。

『主〜面白いのだ！』

『不思議ジャイ！』

『不思議コブ！』

ジャイジャイ♪　ジャイコブ♪　ジャイジャイ♪　ジャイコブ♪

銀太とハクとロウが湖を走り回ってる……アイツ等楽しそうだな。

よし、俺も行くか……沈んだりしないよな？

パールと一号、二号、三号それにキューは聖龍様の木を確認すると、再び異空間に戻った。それぞれやりたいことがあるらしい。

木に辿り着いたら、目の前に大きな龍が現れた……長さ五十メートルは優にある真っ白に輝く綺麗な龍だ。

――ティーゴよ……我の大事な卵を魔族から守ってくれてありがとう。ほう……ほとんど穢《けが》れておったのに慈愛の龍として生まれてきたか。

脳に直接聖龍様の声が聞こえてくる。

『ティアよ！　貴方はティアの親なの？』

――そうだ……創造神様から其方の魂を預かり、我が卵に命を入れたのだ。

何と聖龍達は、神様が直接命を与えるのだとか……番《つがい》との間に子供が生まれるとかじゃないんだな。神様が命を預け、聖龍が産む。不思議な世界だ。

――ティーゴよ！　やっと其方に会えたのだ！

えっ？　何だ？　聖龍様の声や態度が変わった？

――ワシがその世界に降りることは出来ないからのう……今やっと聖龍の体を使い、其方と繋がることが出来た！　さぁワシの所に来るのだ！

「え？　ワシの⁉」

★　★　★

次の瞬間、俺の目の前には、腰まである金色の長い髪に長い髭の人が立っていた。

辺りを見渡すと、さっきまでいた所とは全く別の場所だ。

「何で？　何処だよここ！」

『神界《しんかい》じゃ！』

髭の人がにこやかに答える。

「へっ……」

神界？　何だ？　何が起こったんだ！

それにこの髭の人は誰なんだ！

「貴方は一体……誰なんですか？」

恐る恐るこの訳の分からない人物に質問する。

『ワシか？　創造神と言ったら分かるかの？』

そそっ……創造神だって⁉　この世界を作ったと言い伝えられている神様……聖獣達に加護《かご》をくれるのが女神《めがみ》様達なんだけど、それを束《たば》ねて頂点にいる神様だよな？

『まっ……そんな感じじゃ』

えっ？　俺……今喋ったか？

『クク……ワシは神だぞ？　お主の考えてることなど全て分かる』

ええー⁉

心の声が聞こえちゃってるのか！　わぁ……何か恥ずかしいぞ！

俺は頭を抱えてワタワタしてしまう。

「ふっ……ふう」

『落ち着いたかの？』

「はい……あの……ってか何で俺はここに連れて来られたんですか？」

『それはの……二つある！』

二つも？

『まずはじゃな……おい！　こっちに来るのじゃ！』

『はぁい……』

モジモジしながら絵画《かいが》のように美しい女の人が現れた。

陶器《とうき》のように白く、透《す》けるような美しい肌。光輝く桃色の長い髪と大きな瞳。艶々《つやつや》の唇……こんなにも綺麗な人を見たことがない。

『此奴は慈愛の女神ヘスティアじゃ！』

『どうも〜初めましてヘスティアよ！　ふふっ』

『此奴がの、お主に肩入れして女神の加護を勝手に与えたんじゃ！　しかも……加護大‼』

えっ……何言ってるんだ？　俺に女神様の加護⁉

『だってぇ……下界《げかい》を覗いてたらね？　魔物使い《テイマー》で面白いスキル持ちの子を見つけたから、ちょっと興味本位で観察してたのよ……そしたらね？　ティーゴ君は自分の本当のスキルが分からないから……何もテイム出来なくて……！　それなのに毎日必死に頑張ってて！仲間には毎日馬鹿にされて！　もう！　応援したくなっちゃって、我慢出来なくて加護大付けちゃった、テヘ。ってかね？　ティーゴ様のファンよ！　毎日ちょっとずつ覗くのが楽しくてっ、あはは』

『ヘスティアよ？　お主ちょっとじゃないだろう？　しょっちゅう仕事をサボってティーゴを覗いておったくせに！』

『へあっ……創造神様！　言わないでください！』

待ってくれ……？

俺……ずっとこの女神様に覗かれてたの？　恥ずかしいんだけど！　ちょっと勘弁してください！

『ゴホンッ！　それでじゃ……ヘスティアが加護大を付けたせいで、ティーゴの慈愛の力が強くなってのう。お主の手には慈愛の力が宿っておる！　その手から作られた料理には、癒しと愛情がたっぷり入っており……食べた者はみんな幸せな気持ちで満たされるんじゃ』

俺の料理にそんな力が……！

『じゃからみんな、お主の料理を食べると幸せそうなのじゃ……慈愛のパワーの虜じゃよ！』

だからみんな……食いしん坊なのか！

『それは別じゃ！　元々食いしん坊な奴等じゃ！　じゃが、加護大のおかげで助かったのが卵じゃ！　実はの、アレはもう邪龍になっておった。それをお主が慈愛のパワーで毎日卵を撫でて大事にしたから……慈愛の龍として誕生してくれた。もし邪龍が誕生していたら、この世界の人々が大勢死んだことだろう』

『ほら？　結果良かったでしょ？』

ヘスティア様が腰に手を当て、してやったりと言わんばかりの表情をしている。

『全く……本来なら女神が一人の人間に固執《こしつ》してはならんというのに……』

「でも、神眼でステータスを見ても、俺には女神様の加護など見えなかったけど……」

『ああ……それはのう。ヘスティアがワシにバレるのを恐れて、隠蔽《いんぺい》しておったのじゃよ。慈愛の龍が誕生したことで、全てがバレたんじゃがのう』

創造神様はギロリとヘスティア様を見る。

『テッ、テヘヘ……』

『まぁ……加護大を付けたのがティーゴで良かった。お主は本当に心が綺麗な少年じゃ……みんなのためにいつも一生懸命だ』

いや……褒め過ぎだ……嬉しいけど。

『これが一つ目じゃ！　もう一つは魔族の恐怖から世界を救ってくれたことじゃ。お主が魔王をテイムしてくれたおかげで、この世界は人間と魔族が共存出来るようになるやもしれぬ……』

魔族の恐怖から世界を救って……ああ！　ルクセンベルクの街とかの話かな……？

えっ……？？？

今……魔王をテイムって言った？

はぁぁ？

『おや、お主は魔王と知らずにテイムしたのか？　自分のステータスを見てみろ！　ワシが隠蔽は全て解いてやる』

名前　ティーゴ
種族　人族
性別　男
年齢　17
ジョブ　魔物使い
ランク　ＳＳ
レベル　85
体力　２１６８
攻撃力　３６５０
魔力　９９９７０
幸運　１０５０
スキル　全属性魔法　神眼　アイテムボックス　メタモルフォーゼ

Sランク以上の魔獣や魔物をテイム出来る。
Sランク未満の魔獣や魔物はテイム出来ない。
創造魔法 ↑new!
魅惑のダンス ↑new!
統率者 ↑new!
使い獣　フェンリル（銀太）　グリフォン（昴《すばる》）　ケルベロス（暁《あかつき》・樹《いつき》・奏《かなで》）
聖龍（ティア）　魔王（パール）
ジャイコブウルフ（ハク・ロウ） ↑new!
ペット　ガンガーリス（キュー） ↑new!
加護　慈愛の女神ヘスティア（大）

ええっと……あわっ⁉

パッ、パールの、文字化けして「鬲皮視」ってなってたところ！　魔王って書いてたのか！

パールが魔王⁉　あんなにいい奴なのに？

『今世の魔王はちょっと変わっておるみたいだのう』

「そうだよ！　めちゃくちゃいい奴なんだよパールは……それが魔王だなんて」

『どうした？　魔王は嫌か？』

「いや、全然！　謎が解けて良かったよ。猫にしたらアイツは天才過ぎる……魔王なら納得だよ。魔王でもパールはパールだ。俺の中で何も変わらないよ」

『ふうむ……面白い男じゃのう』

『ティーゴ君……♡♡♡　さすが私のお気に入り！　何て綺麗な心なのおおっああ……最高よ！』

ヘスティア様……最後の方、なんか怖いんですが。

『それで、ワシからもお主にお礼がしたくてのう……神界に来てもらったんじゃ！』

創造神様からお礼？

「お礼ならさっき言ってもらって……」

『ワシはお主が気に入った……まぁ、貰ってくれ。ワシの加護を人族に与えるのは初めてじゃから……』

「えっ？　人間は初めて⁉」

『まぁ……ちょっと寿命《じゅみょう》が延《の》びるくらいじゃよ？』

……寿命が延びるのはありがたいな！　聖獣達と長く一緒に居られる……。

『ああ！　ならちょうどいいのう……五千歳～一万歳くらいじゃから……聖獣達の寿命と同じくらいだの』

「へっ！　ちょっと待って⁉　それってもう人間じゃないよね？　やっぱり加護なしで！」

『もう無理じゃもん……加護付け終わったし！』

ええ～‼　創造神様……無理じゃもんって！

俺……人間じゃなくなった……。

まぁ……いいか！　これで可愛い聖獣達とずっと一緒だ！

『ではの……皆の元に返してやろう。聖龍が説明しておると思うが、急にティーゴが消えたのだ……皆が心配しておる』

「創造神様、ヘスティア様、お会い出来て良かった。ありがとうございます」

『またね～』

（ああ……残念ね！　もう少しティーゴ様を見たかったわ。……もう加護もバレちゃったし、たまに下界に遊びに行くのも良いかも！　ふふふ）

ええと……何故かヘスティア様の心の声がダダ漏れなんですが。遊びに来なくて良いです。

『ティーゴよ、お主の活躍楽しみにしておるぞ！』

創造神様がそう言って笑うと、俺の視界は光に包まれた。

★　★　★

「ティーゴ君⁉」

『主！』

元の場所に戻った……のか？　目を開けると、そこは大樹の根本だった。

「ティーゴ君が突然僕達の目の前から消えて、すると聖龍様が創造神様の所に行ったと教えてくださって！　一体何があったんだい？　大丈夫なのかい？」

ファラサールさんが物凄く心配しているのが分かる。

「大丈夫です。ティアが邪龍になるのを阻止《そし》出来たお礼に、創造神様から加護を貰ったんだ」

『創造神様の加護じゃと⁉　主、さすがなのだ！』

『凄いなぁ……ティーゴの旦那！　で、創造神様の加護を貰ったらどうなるんだ？』

スバルがちょっと不思議そうに聞いてきた。

「何かね……寿命が延びるらしくて……俺さぁ？　五千歳〜一万歳くらい生きられるみたい」

『本当なの？　ティーゴとずっと一緒なの！　ああ……嬉しいの……ぐす……』

『主〜……うっ……我は嬉しい……』

『ぐす……俺はまたあんなに悲しいお別れをしなくていいんだな……』

ティアと銀太とスバルが、泣きながら抱きついて来た。

ああ……寿命を延ばしてもらって本当に良かった。

言わないだけで……みんなは俺の寿命が短いのを気にしてたんだな。

俺はみんなをぎゅっと抱きしめる……みんなが泣きやむまでずっと……。

「ぐす……聖獣様……良がっだでずね……ぐす」

ファラサールさんまで銀太達にもらい泣きをし、俺の横で号泣《ごうきゅう》している。

ジャイ♪　ジャイ♪　ジャイコブ♪　ジャイジャイジャイコブ♪

ハクとロウは空気を読むことなく……陽気に水の上でダンスをしている。

★　★　★

――ほう……凄いのう。其方は慈愛の女神へスティア様の加護を持っておったのか。

「はい！　そのおかげで卵の穢れを取り除くことが出来ました」

――なるほどのう……。

聖龍様も交えて天界での話を、俺はみんなに身振り手振りをつけながら必死に伝えている。

「しかも加護大！　凄いね」

ファラサールさんが感心したように言う。

「うん……だから俺の手からは慈愛のパワーが出てるらしいですよ？　創造神様は、俺の料理を食べると、心が満たされて幸せな気持ちになるとも言ってたな」

『だからなのか！　主のご飯を食べると幸せな気持ちになるのは……』

『ああ……幸せでいっぱいになるんだよな』

銀太とスバルが納得して頷いている。

その時。

――ティーゴよ！　ワシじゃ、創造神じゃ！

「え？　創造神様？」

聖龍様の体を使って、再び創造神様が話しかけてきた。

――さっき伝えるのを忘れておった。ティーゴ！　お主の料理はみんなを幸せにする。じゃから料理のスキルも与えたぞ！　この便利なスキルを使い、みんなに料理で幸せを分けてやると良い。ではの？

創造神様はそれだけ言うと、通信を切ってしまった。

ちょっと待て、料理スキルだって⁉

名前　ティーゴ
種族　聖人族
性別　男

年齢　17
ジョブ　魔物使い
ランク　SS
レベル　85
体力　2168
攻撃力　3650
魔力　29990 ↑up
幸運　1050
スキル　全属性魔法　神眼　アイテムボックス　メタモルフォーゼ
Sランク以上の魔獣や魔物をテイム出来る。
Sランク未満の魔獣や魔物はテイム出来ない。
創造魔法
魅惑のダンス
統率者
創造料理 ↑new!
コピー料理 ↑new!
使い獣　フェンリル（銀太）　グリフォン（昴）　ケルベロス（暁・樹・奏）

ペット　聖龍（ティア）　魔王（パール）　ジャイコブウルフ（ハク・ロウ）
加護　ガンガーリス（キュー）
慈愛の女神ヘスティア（大）
創造神デミウルゴス
↑new!

本当だ……スキルが増えている、創造料理にコピー料理か。どんなスキルなんだ？

すると突然、ピコン！　と音が鳴る。


創造料理………どんな料理も作れる。食材を見るだけで色々な料理を思いつく。

コピー料理……作った料理を一瞬で増やすことが可能。材料がある限り増やせる。


スキルの詳しい説明が表示された！　今までこんなことなかった。これも創造神様の加護のおかげか。

それに、この料理スキルはヤバ過ぎる！　どっちも今の俺には最高のスキルだ。創造神様ありがとうございます。この料理スキルでみんなを幸せにします！

『ティーゴの旦那？　料理のスキルを貰ったのか？　ってことはさらに美味いものが食べれるのか？　やったー！』

『凄いのだ！　美味い飯！』

『良かったの！　ティアは幸せなの！』

ジャイジャイジャイコブ♪　ジャイジャイジャイコブ♪

話を一緒に聞いていた銀太達が、嬉しそうにハクとロウとジャイコブダンスを踊っている。

「聖獣様達はいつも楽しそうだね」

「アイツ等のおかげで、俺はいつも幸せです」

さぁ……後は、魔王様であるパールから詳しい話を聞かないとな。料理スキルも試してみたいし、異空間に帰るとするか。

この時、俺は料理スキルが貰えて嬉しいあまりに、他のステータスを見落としていた。

創造神様の加護の力により、魔力が桁違いに二十万も上がっていることに……！

種族が人でなく聖人族となっていることに……！

全く気付いていないのだった……。

15　パールの正体《しょうたい》

「何だこれは…………!?」

異空間の扉を開けると……目の前にはあり得ない景色が広がっていた。

家の横に大きな畑が出来てる……大きな池もある。小屋も増えている。

畑に植わってるのはレインボーマスカットか？

何であんなにも果実がたわわに生《な》ってるんだ？　種を植えたって……どう考えても果実が生るには早過ぎるだろ！

あれはキューか？　尻尾をプリプリしながらレインボーマスカットを嬉しそうに世話している。

ちょっと待ってくれ……さすがに理解が追いつかない。

「ティーゴ！　帰ったのか？」

パールが俺を見つけ走って来た。

「パール！　これはどーいうことだ？」

「何じゃ？　畑のことか？　キューがのう、レインボーマスカットの種を持っておったのじゃ！　じゃから植えたんじゃ！　良いじゃろ？」

「種を植えたのは分かるけど、何でこんなに早くに実が生ってるんだ？　お前の力か？」

「そうじゃ！　あっ……じゃなくてぇ、二号が土魔法を使って成長させたんじゃよ！」

コイツめ……今「そうじゃ」って言ったよな？

「パール？　俺はお前の秘密が分かったんだぞ？　お前が隠蔽していたステータスもな！」

「なっ？　何のことじゃ？」

俺がそう言うとパールは動揺する。

「ティーゴは何を言っておるのじゃ？　ワシの秘密じゃと？」

「パール？　神眼使えるんだろ？　俺のステータス見てみろよ？」

「神眼……じゃと？　ワシはちょっと特別種なだけの猫じゃしぃ……そんなスキルないのじゃ……ティーゴのステータス？　見て何が分かると言うのじゃ……なっ……ワシの名前……魔王パールってなっとる！　何でじゃ……む！　デミウルゴスの加護じゃと！　彼奴め……何てことをしおったのじゃ！　それで隠蔽が解けたのか……ワシは魔王とバレてしもうたということじゃの……」

パールは一人ブツブツと喋っていたかと思うと、ソワソワしたりワタワタしたりと明らかに様子がおかしい。

「パール？」

「ワシの正体が分かってしまったのじゃろ？」

パールが耳をペタリと下げ、悲しそうに俺を見つめる。

「そうだな」

「そうか……」

パールは尻尾をペタンと下げ、俯《うつむ》いてしまった。

「パール。お前は魔王だったんだな。だからあんなに色々と詳しかったんだよな？　納得だよ。俺って凄いよな！　魔王までテイム出来るなんて、ビックリだよ。どーする？　このことをみんなに話すのか？」

「話す？　ワシはもうお前達と一緒におれんじゃろ？」

「何でだよ！　魔王でもパールはパールだろ？　お前が居てくれるならずっと一緒だよ！」

「ティーゴ……此奴は何て綺麗な心の持ち主なんじゃ……スバル達がティーゴにテイムしてもらった気持ちが分かる。此奴と居ると心が幸せで満たされる」

「んん？　なんだパール？　声が小さ過ぎて聞こえないよ」

「……ワシは仲間《ここ》におっても良いのか？」

「なんだ、もちろんだよ！　パール」

「ティーゴ……」

パールはジーンとした様子だ。湿《しめ》っぽい空気がこそばゆくて、俺はわざと明るい声を出す。

「しっかし、猫の魔王とか居るんだな！」

「なっ！　これは魔法で変化しておるだけで、本来の姿は別じゃ！」

「えっ？　そうなのか？」

パールは少し得意げに本来の姿に戻った。背の高い美丈夫《びじょうふ》で、長い白髪がキラキラと光を反射している。頭に生えている角が魔王っぽく見えるな。っていうか……。

「なっ……めっちゃくそカッコいいじゃねーか！　ズルいぞパール！」

「ふふ……そうであろ？　ワシはカッコいいんじゃよ！」

「カッコ良くて強いとか最強じゃねーか！」

俺は羨ましくなって、パールをジト目で見る。

そしてパールのドヤ顔は止まらなかった。

閑話――パールと二号

これはティーゴが創造神様と話をしていた頃に、パールと二号が異空間で畑を作っていた時のお話。

「これは……大きな畑を作ったのう……」

一ヘクタールはある大きな畑を、パールがポカンと眺めている。

『ああ！　せっかくだから大きな畑にしてみた。これなら色々な作物が作れる！』

「そうじゃの。何を作ろうかのう……今度街に苗や種を仕入れに行きたいのう」

『キュキュウ！』

突然、キューがパール達の所に走り寄って来た。

「何じゃ？」

キューはお腹のポケットから何かの種を出す。

『キュキュウ♪　キュキュウ♪』

「ほう……これはレインボーマスカットの種か！」

『キュキュウ♪』

キューはどうだ？　と言わんばかりの表情をしている。

「でかしたのじゃ！　これは中々レアな種じゃ！」

パールはウットリと種を見る。

『キュキュウ♪』

褒められたキューの尻尾プリプリが高速になる。

『レインボーマスカットの種か……』

「早速植えるのじゃ！」

パールと二号とキューは、楽しそうにレインボーマスカットの種を畑に植えた。

『キュキュウ♪』

「よし！　次はアレじゃな？　植物急速成長の魔法じゃ」

『えっ……その魔法はカスパール様のオリジナル……』

「ああ！　そうじゃった、ワシが作ったんじゃったな。二号にもちゃんと教えたじゃろ？」

『カスパール様……？』

　パールは自分が失言したことに気付いていない。一方で、二号は激しく動揺していた。

（ワシが作った？　まさか……そんな……パールがカスパール様なのか？　俺は……期待してもいいのか？）

　思えば、パールの雰囲気《ふんいき》は何処かカスパールに重《かさ》なるところがあった。今までは猫だと思って気にしていなかったが、喋り方などそっくりだし、目の色も同じだ。

「何じゃ？　二号、そんな泣きそうな顔をして？　もしや急速成長の魔法の使い方を忘れたのか？」

『カスパール様？』

「何じゃ？」

『やっぱりカスパール様なんですね！　ああ……』

　二号はギュッと猫のパールを抱きしめる。

「へあっ？　なっ……ワシは猫のパール……」

（しまったのじゃ！　楽しくて隠すの忘れておった）

『何ですぐにカスパール様だと教えてくれなかったんですか！　俺達がどれだけ……貴方に会いたかったか……フグッ……うぅっ』

二号はパールを抱きしめたまま泣き崩れてしまった。

「………二号、すまんかった」

『カスパールざまっ！』

二号はさらにパールを強く抱く。パールもそれに答えるように一緒に泣いた。

『キュキュウ？』

キューは二号とパールが泣きながら抱き合う姿を、不思議そうに見ていた。

★　★　★

しばらくして、落ち着いた二匹は畑を眺めながら話をした。

『ところで何で猫の姿をしてるんです？』

「これか？　これはの、変化の魔法で猫になっておるだけで本来の姿は別じゃ」

『本来の姿はカスパール様じゃない？』

「そうじゃ！　ワシはの、お前達と一緒に行った魔王討伐の時に呪いをかけられとって……魔王として生まれ変わったのじゃ！」

『えっ……まっ魔王？』

予想もしない言葉が出てきて、二号はギョッとする。

パールは困ったもんだ、という風に眉間《みけん》に皺を寄せる。

「そうじゃ！　何故か最近、カスパールだった前世の記憶を思い出しての……」

『じゃあ……ティーゴにテイムされた時はもう……』

「記憶を思い出したらの？　お前達の様子が気になってのう……コッソリ覗きに行ったら……たまたまテイムされたのじゃ！　彼奴は本当に何者じゃ？　魔王までテイムするとは……」

『カスパール様が俺達のことを……心配しっううっ』

その言葉が嬉しくて二号がまた泣き出した。

「……お前はいつからそんな泣き虫になったのじゃ！」

『だって……俺嬉しい……』

「ふぐっ……」

（ああ……可愛過ぎて苦しいのじゃ……）

何を言っても二号が泣いてしまうので、雰囲気を変えようとパールは魔王の姿に戻る。

「バレてしもうたし、この姿で魔法をチャッチャと使って仕上げるのじゃ！」

『これが……今のカスパール様の姿なんですね』

「そうじゃ！　中々カッコいいじゃろ？」

『どの姿でもカスパール様はカッコイイ』

二号の言葉が、キュウウ……っとパールの胸を締めつけ、しゃがみ込んでしまう。

「ふぐうっ！」

『カッカスパール様⁉　大丈夫ですか？』

「大丈夫じゃ！」

今度はパールが心配される番だった。

（嬉しくて胸が苦しいわい）

数分後、何とか立ち直った二匹が、ようやく畑仕事を再開する。

「さあ！　植物急速成長の土魔法を使うのじゃ！」

『おう！』

パールと二号は魔法を使い、レインボーマスカットを成長させていく。

『キュキュウ♪♪♪♪♪』

キューはその様子を、尻尾をプリプリと振りながら、ウットリと見ていた。

「よし！　レインボーマスカット畑の完成じゃ！」

『キュキュウ♪　キュウキュウ♪』

「何じゃ？　キューよ、マスカットのお世話は任せてくれって？」

キューはドンッと胸を叩き、大きく頷く。

「よし！　分かったのじゃキュー。お主をレインボーマスカットの係に任命するのじゃ」

『キュキュウ♪』

キューは任せてくれとビシッと気を付けの姿勢を取る。

「キュキュウ！」

また尻尾をプリプリさせながら、キューはレインボーマスカットの畑に走って行った。

『キューの奴、嬉しそうだな』

「じゃのう……」

『ところでカスパール様！　このことをみんなには？』

「ちょっと待ってくれ！　ワシのタイミングでみんなに言うからの、まだ秘密にしてくれぬか？」

『了解しましたが、アイツ等にも早く教えてあげてくださいね？』

「二号！　ワシとは前みたいに接するのじゃ！　敬語もカスパールと呼ぶのも禁止じゃ！」

『はい……』

二号は早くみんなとこのことを分かち合いたいので、残念そうに返事をする。

ちなみにこの時……一号と三号は新しく出来たお風呂を満喫していたのであった。

★　★　★

魔王姿のパールをひとしきり褒め終わった後、俺は気になっていたことを尋ねる。

「パール、それでさ……みんなに魔王だって話す？　あ、俺はどっちでも良いからな！」

「実はの……さっき既に二号にはバレてしもうたんじゃ……」

「えっ？　そうなのか、じゃあみんなに話す？」

「うむ……じゃが……ワシが魔王と知ったら嫌だと思う者もおるかも……」

「それはないよ！　アイツ等は種族とかは気にしないと思うなぁ。嫌なことをする奴は徹《てっ》底的《ていてき》に排除するだろうけど……パールはもう俺達の仲間じゃないか！」

魔王って言う割に、パールは変に人間っぽいな。学校の教本で読んだ魔王は、極悪非《ごくあくひ》道《どう》って感じだったけどなぁ。

「ティーゴ……ワシ決めた！　……このままの姿でみんなに会うのじゃ！」

パールは何かを決意した目で俺を見る。

「そうか……分かった！　みんなを呼んでこよう！」

俺とパールは新しく出来た家にみんなを集めて、発表することにした。

家の一番大きな広間には、のんびりと寛ぐスペースが作られていて、みんなは絨毯の上に好きなように座り、俺とパールに注目している。

『ティーゴの旦那？　大事な話って何だ？　それにその横にいる奴は……？』

『初めて見る顔よね？』

みんな魔王姿のパールを不審そうに見ている。

ゴクリッ……緊張したパールの唾を呑む音が聞こえる。

「ゴホンッ！　ワシはパールじゃ！」

『えっ？　パールだってえ？　パールは猫っすよ？』

『うむ！　其奴は魔族であろ？』

『そうよ！　どう見ても魔族じゃない！』

みんなが疑問に思い口々に話し出す……そりゃそうだよな。

「ワシは猫ではなくて実は魔王だったのじゃ……隠してすまぬ」

そう言うとパールは猫の姿に戻った。

『『『……パール⁉』』』

みんながビックリしている。分かるよ、その気持ち。俺もそうだったからな！

すると、三号が大きなため息をついた。

『何だぁ……はぁ……もっと早く言ってくれたら……私はね？　パールは猫じゃなくて……得体の知れない何かと思ってたね？　正体を探ってたんだから！』

「得体の知れないって何じゃ⁉」

『だって知識が豊富過ぎるし……本当は魔法も使えるのに隠してるっぽかったし！　あーーっ！　魔王なら納得だわ。スッキリしたぁ！』

三号が謎が解けて良かった……って顔して微笑んでる。

キューと二号は事前に知ってたからか普通だな。

ハクとロウはちょっと怖がってるのかな？　いつもウルサイのにだんまりだ。

銀太とスバルと一号は……へー……魔王か？　って感じか？　コイツ等は本当に動じないな。

「ワシ……魔王じゃけどみんなとおってもいいんかのう？」

『何言ってんだよ！　パール、魔王だって？　最高じゃねーか！　何でもっと早くに言わねーんだよ。ティーゴの旦那は凄いなぁ……魔王までテイムしちまうなんてよ！』

「いっ……いやぁ。何かテイム出来ちゃって……」

珍しくスバルが褒めてくるから、なんだろう、ちょっと恥ずかしい。

『それに魔王が仲間になったのだ。これで魔族達は我らに何もしてこんであろ？　最高だの』

『本当なの！　もう魔族達は嫌なことしないの！　だってパールは優しいの！』

銀太とティアがニコニコと話している。

みんなの反応を見たパールは驚き固まっている……。

「パール？　どうした？」

「ワシ……嬉しい……」

そう言ってパールは後ろを向いた。

俺はパールの顔を覗き込む。

「こりゃ！　見るでない！」

パールは嬉しくて泣きそうになっているのを我慢していた。

「なっ？　みんな気にしなかっただろ？」

「……」

パールは無言で大きく頷いた。

よーし！　このままみんなで風呂に入ってシャンプータイムだな。

「みんな、パールと二号が作ってくれたお風呂に行こうぜ！」

『やったー！　お風呂！』

『最高なの！　シャンプーなの！』

『さっき入ったけど……まぁいっか！』

『ティーゴのマッサージ♪』

ジャイジャイ♪　ジャイコブ♪　ジャイジャイジャイコブ♪

キューとジャイコブウルフ達は初めての風呂だな。よーし、楽しんでもらおう！

「さぁ？　次は誰だ？」

『キュキュウ♪』

プリプリプリプリプリ♪　とキューの尻尾が激しく揺れる。

「キューか！　よし、おいで」

俺は使い獣達のシャンプータイムに大忙しだ。

仲間が増えたから、シャンプーするのも大仕事になってきた。

まぁ……可愛い聖獣達をもふもふしながらシャンプーするのは、俺の楽しみの一つなんだが……。

『キュ……キュウ♪』

キューはウットリとシャンプーを堪能《たんのう》している。

「んん？　気持ちいいのか？　良かったよ」

『主～！　キューの奴、シャンプーが気に入ったらしいぞ！』

『キュキュウ♪』

プリプリプリプリプリプリ♪

そうだと言わんばかりに、キューの尻尾プリプリが高速になる。

「わっ……ぷっ!?　ちょっ、キュー？　尻尾プリプリやめろ！」

尻尾に付いた泡が俺に襲いかかり、たちまち泡まみれに……。
『あははは！　ティーゴの旦那、泡の魔獣だな！』
くそう……スバルの奴め……！
お前もシャンプーで泡まみれにしてやるからな。
『キュッ……キュウ？』
キューはゴメンね？　って顔をしながら俺を見る。
あー、そんな顔されたら……もう泡まみれでいいよ！
俺はキューと一緒に泡を洗い流す。
『キュキュウ♪』
プリプリプリプリプリ♪
チャプン……っと尻尾プリプリしながら、キューは湯船に浸かりに行った。
「さあ次！」
『俺ジャイ！』
『あーズルいコブ！　俺コブ！』
キューの次は、ハクとロウが押し合いしながらやって来た。
「何やってんだよ！　お前等まとめて洗ってやる！」
ジャイジャイ♪　ジャイコブ♪

二匹は歌いながら俺の所に滑り込んでくる。

そして……。

『なっ……主様の手は神の手ジャイ……』

『ああ……最高コブ！　シャンプーとやらはこんなに……コブ』

ハクとロウは体を触られるのも初めてだからなのか、あまりの気持ち良さに蕩けている。

『ああ……俺は主様から離れられない体にされたジャイ……』

『俺もコブ……』

変な言い方をするな！　何だよ離れられない体って⁉

「はい次！」

『私よ～！　綺麗に洗ってね？』

三号が人化したまま、素《す》っ裸《ぱだか》でやって来た。

「ちょっ！　三号！　人化したままで裸になるな！　何回言えば……！」

『あっ……忘れてた！　てへ？』

「いいから！　早く元の姿に戻れ！」

俺は手で顔を覆いながら三号を注意する。

『はぁい』

悪びれる様子もなく、三号は黒犬になるのだった。

★★★

チャプン……。

「はぁ……最高だな」

やっと全員を洗い終わり、俺はゆっくりと湯船に浸かる……。

二号が作った風呂は外に露天風呂《ろてんぶろ》まであり、景色を楽しみながら湯船に浸かれる。最高だ！

『初めてお風呂？　に入ったジャイが……気持ちいい……気に入ったジャイ！』

『お風呂クハァ……最高コブよ……はぁ』

『キュキュウ♪』

初めて湯船に浸かったハクとロウ、それにキューは湯船に感動しているみたいだな。

異空間なんて使い道をどうしようかと思ってたけど……みんなで寛げる家に畑、大きな風呂！

異空間最高だ！

風呂から出ると、特製レインボーマスカットジュースを飲み……みんなのブラッシングタイムだ。

オイルを塗って風魔法で乾《かわ》かし、順番にブラッシングしていく。

「こっ……これは⁉」

初めてブラッシングをしたからなのか、キューのもふもふが凄いことに！　自慢の尻尾もふわふわ輝いている……。

『キュキュウ……⁉』

キューも自分の毛並みに驚き、ウットリしている。

ハクとロウは……ウルフ族だし銀太用のブラシで整《ととの》えるか。

「銀太！　ブラシをハクとロウに使ってもいいか？」

『むう……我だけのブラシ……貸すのは今日だけなのじゃ！』

自分専用のブラシを使われるのがちょっと嫌なのか、銀太が拗《す》ねている……。

「ありがとうな！　今日だけだから！」

俺はそう言って銀太を撫でまくる。

『む……むうう……』

銀太は尻尾をフリフリ振って、少し機嫌が戻る。

ありがとうな銀太！

キューやハクとロウのお手入れグッズも、デボラの店に買いに行かないといけないな……。

それに……頼んでいた「高貴なるオソロ」もそろそろ仕上がってるかもしれない。

よし！　そうとなれば、明日デボラの店に行ってみるか。

ちなみに、初めてブラッシングされたハクとロウはというと。

『こっ……これが俺ジャイか？』

『主様！　どんな魔法を使ったコブ！　俺の毛並みがふわふわで気持ちいい……』

『いい匂いもするジャイ……♪』

自分の毛並みのもふもふをウットリと堪能するように触っていた。

そしてもちろん……。

ジャイジャイ♪　ジャイコブ♪　ジャイジャイジャイコブ♪　キュキュウ♪

ハクとロウ、それにキューによる、ふわふわの毛並みをアピールするジャイコブダンスが、夜中まで続いたのだった。

閑話——ある日の魔族達

これは、魔族四天王による、人族観察の記録である。

《ベルゼブブの場合》
「こんな真っ黒なものが美味いのか……？」
ベルゼブブは、ルクセンベルクで大人気の大福屋《だいふくや》の行列に並んでいた。

「大人気だと言っていたから並んでみたのですが……ふうむ？」

ようやく買えた真っ黒の大福を、ひと口頬張ってみる。

「うっ……美味い、何て甘さだ！　しかもアッサリしていて何個でも食べられる！」

雷に打たれたような衝撃に浸《ひた》っていると、近くの女性客の話が耳に入ってきた。

「ここのフルーツ大福も最高よね！」

「やっぱり私はイチゴ大福かなぁ……」

「あーー！　新作のトウカ大福がある！」

「絶対買わなくちゃ！」

（何だと⁉　フルーツ大福？　イチゴ？　トウカ？）

次の瞬間、ほとんど反射的にベルゼブブは注文していた。

「フルーツ大福を全種類売ってくれ！」

大福の入った箱を沢山抱えてほくほく顔のベルゼブブ。

ここはまさに甘味天国だ……と感動しながら、ふと気付いた。

（はっ⁉　私はこんなにも美味しい甘味がある街を……滅《ほろ》ぼそうとしていたのか！　信じられぬ！　何てことをしようとしたのだ……⁉　こんなにも素晴らしい甘味天国の街を……！）

「なっ……何てことだ⁉　人間はこんなにも美味い飯を食べていたなんて……」

人族になりすました四天王メフィストは、人間達の飯があまりにも美味しくて驚愕していた。

感動のあまり地面に膝をついている彼に、店主が声をかける。

「お客さん？　何本いるんだ？」

「あっ？　ああ……十本貰おう！」

「まいどあり！」

これは今、人族で人気の【串焼き】という食べ物である。

（どんな味がするんだ⁉）

なんとも言えない良い匂いが食欲をかき立てる。

「はぁぁ！　美味い。口の中に肉の旨味が広がる……！」

これは余程美味い肉を使っているに違いない、と想像してメフィストは店主に尋ねる。

「店主！　この肉は何の肉だ？」

「何の？　って、普通のオーク肉だが」

メフィストは予想外の答えに固まってしまう。

（オークだと？　ただのオークがこんなに美味いのか⁉　ジェネラルやキングではなく

普通《ただ》のオークが……こんなに美味いだと？　ああ……魔王様。人族の飯は何を食べても美味いのが分かりました……。メフィストめは人族の食に魅了《みりょう》されました……）

《ベリアルの場合》

ベリアルはセロデバスコの湯屋、天使《ティーゴ》の湯に来ていた。

広い湯船に浸かりながら、彼は天にも昇る心地《ここち》であった。

（ああっ楽し過ぎる……！　この湯船という所に入っていると……嫌なことなど全て何処かへ飛んで行くみたいだ。なるほど、これが癒されるということか……！）

魔族に入浴の習慣はあまりなく、ほとんど水浴《あ》びで済ませてしまう。風呂に浸かるというだけで、彼にとっては新鮮《しんせん》な体験だった。

そのまま、天使《ティーゴ》の湯全種類を堪能したベリアルは、風呂上がりに売店に立ち寄った。

「ほう……湯屋限定天使グッズ？　これは是非とも魔王様に買って帰ろう」

彼は湯屋限定の天使グッズを全て購入して帰ったのだった……。

★　★　★

「ほう……ワシは人族を勉強しろと言うたがの？　お主等の楽しかった思い出を聞かされておるのか？」

ベルゼブブとメフィストとベリアルは、魔王ルシファー（パール）に、人族について勉強したことを報告していた。

「ちっ……違います！　魔王様！　私ベルゼブブは、人族の美味しい甘味について調べて参りました！」

「私めメフィストは、素晴らしい食を調べて参りました！」

「私ベリアルは、謎の湯屋を調べて来ました！　これは魔王様に献上《けんじょう》致します」

ベリアルは湯屋限定グッズを魔王に渡す。

「なっ……これは何だ？」

「それは湯屋で大人気の【天使と一緒♡極楽《ごくらく》クッション】でございます。こちらはすぐに完売するらしく、運良く入手出来ました！」

ベリアルは鼻息荒く得意げに話す。

「ふ……ふうむ？　これは中々触り心地がよいのう……おや、これは？」

「これは期間限定発売のぬいぐるみ、【いつも天使と一緒♡だっこちゃん】という商品です」

「ほっ……ほう……これはまた……抱き心地がよいのう」

「でしょう？　期間限定というので、全種類購入致しました！」

「なんじゃと！　他にも種類があるのか！　寄越すのじゃ！」

魔王とベリアルが盛《も》り上がっているのを見て、ベルゼブブとメフィストも負けじとお土産を差し出す。

「魔王様！　私めも、串焼きを購入して参りました！　是非ご賞味を！」

「魔王様！　私めは大福を！　フルーツ大福もおすすめでございます！」

「串焼きとな？　大福……？　ふうむ……全て寄越すのじゃ」

こうして……よく分からない人族勉強会の報告は終わるのであった……。

16　スキルとデボラのお店

「……んっ……ふぁ……」

もう朝か……昨日のジャイコブダンスは盛り上がったなぁ。

最後はみんなで踊ってたし。楽しかったなぁ……。

「んん～～……」

俺は体を伸ばそうとするが……!?

「んん!?　おもっ？……体が動かなっ……」

腹の上にティアとスバル……それにロウまで乗っかっている。体の周りには、一号二号三号……さらにハクとパールとキューがピッタリとくっついていた。銀太は定位置の枕元。大きなベッドのはずなのに、みんなが真ん中で犇《ひし》めき合い、ギュウギュウにくっついて寝ている状態だ。

何だこれ⁉

もう少し離れて寝ていたはずなのに……俺はどうにかギュウギュウから脱出し、ベッドから下りることが出来た。

俺……いつか寝ている間に、聖獣達に圧迫死《あっぱくし》させられかねないな……もっと体を鍛《きた》えないと。

さてと……今日は、まだ試せてないスキル【創造料理】と【コピー料理】を使ってみるか！

足早に俺は二号が作ってくれた調理場へと向かう。

まずは使いたい食材をアイテムボックスから出して……この際だ！　適当に出してみよう。

米・タマーネギ・ロックバード肉・卵。

また妙な組み合わせが出てきたな……どんな料理が出来るんだ？

ピコンッ！　と音を立てて半透明《はんとうめい》の板が浮かび上がる。

《お勧め料理・ロックバードの卵丼》

凄い……調理方法まで教えてくれるのか。

このスキル……もしかして最強じゃないか？

まずは米を炊いて……っと。その間に下準備だ！　ロックバードの肉とタマーネギを適当な大きさに切って炒めていく。

火が通ってきたら……海の幸の出汁を入れて、味を甘辛く整える。仕上げによくかき混ぜた卵を流し入れ……火を止めてっと。

具の部分が出来たけど、味の想像が全くつかない……【創造料理】の力を疑《うたが》う訳じゃないけど……美味いのか？

やがて、米の炊ける良い匂いが広がる。

「よし！　炊けたな……米の上に載せて……っと」

匂いは最高に美味そうだ。俺は恐る恐る口に入れる。

モグッ……⁉

「うんまー！　何だこれ、甘辛い味に出汁が合わさって、サッパリながら深い味わいだ……」

気が付くと俺は一気に食べ切っていた。

しまった！　食べ切ってしまったら【コピー料理】が試せないじゃないか！

慌ててもう一度作り、スキル【コピー料理】を発動！
ポン！　ポン！　ポン！　ポン！　ポン！
ヤバいヤバい！　料理が無限に増えていく……！
一瞬で、ロックバードの卵丼が二百食に増えた。
このスキルがあれば……聖獣達にいっぱい美味い飯を沢山作ってやれる……。
創造神様……最強のスキルありがとうございます！
『美味そうな匂いなのだ……主？　今日のご飯は何だ？』
鼻先で扉を開けて、食いしん坊の銀太が調理場にやって来た。
「今日はロックバードの卵丼だ！」
『ほう……どんな味か楽しみだのう……』
「さぁ！　食堂に行って食べよう！」
俺と銀太は二号が作ってくれた、豪華な食堂へ移動する。
『美味い、美味いのだ！　卵がふわふわでなんとも……我は気に入ったのだ！』
銀太と卵丼を食べていると……。
『いい匂いがするじゃねーか？　今日のご飯は何だ？』
『美味しい匂いがするの！　ティアは気になるの！』
「また食をそそる匂いじゃのう……」

スバルにティア、それにパールとハク&ロウとキューが食堂にやって来た。

俺は早速卵丼をみんなの前に配る。

『美味しいの！　ティアは卵のふわふわが気に入ったの！』

「美味いのう……ロックバードにこんな食べ方があったなんてのう……おかわりじゃ！」

『ああ……卵と肉の共演！　肉と卵がダンスしてやがる……今日の主役は卵！　お前だ！』

スバルよ、主役って！　それはただの卵だ！

『はぁ……肉と卵が口でとろけて美味いジャイ』

『こんな美味い料理があるコブね』

『主様……俺を虜にしてどうする気ジャイ』

『本当だコブ！』

ハクとロウよ……だから変な言い方をするな！

「キユキユウ……♪」

キューは尻尾プリプリしながら夢中で食べている。ガンガーリスって何でも食べるんだな。


一号二号三号はまだ起きて来ないのか……？　相変わらずよく寝るなぁ。

★　★　★

『ふう……お腹いっぱいなのだ！』

「美味かったのう」

みんな腹いっぱいになって寛ぎ出した。

「なぁ……みんな！　俺は今からデボラのお店に頼んであったアクセサリーが仕上がってるか、見に行こうと思うんだ！」

『高貴なるオソロね！　ティアも一緒に行くの！』

「なっ……高貴なるオソロじゃと」

パールが高貴なるオソロと聞いて反応する。

「どうした？　パール？」

「なっ……何でもないのじゃ！」

「心配しなくてもパールの分も頼んであるからな？」

国王様に会った後、デボラのお店に寄ったのは、その追加注文のためだったんだ。

「ワシのも……？　ワシまでティーゴと高貴なるオソロが出来るのか？　くうっ……また胸が苦しいのじゃ！」

パールが胸を押さえて蹲《うずく》まる。

「わっ！　パールどうしたの！　大丈夫か？」

「大丈夫じゃ！　何でもないのじゃ！　嬉しくってちょっと胸が苦しいだけじゃ」

「そっそうか？　大丈夫なら良いんだが。じゃ……行ってくるな？　お昼ご飯までには帰って来るからな？　銀太、頼む！」

『分かったのだ！』

シュンッ！

俺と銀太、ティアは、ドヴロヴニク街の使い獣専用有名店——デボラのお店の中に転移した。

店主のデボラさんが、突然の俺達の出現に驚いている。

「わっ⁉　だから、急に店内に転移して来ないでって言ったよね？」

『だってその方が早いじゃろ？』

前もこの会話したよな……。

すみません、デボラさん……。

「で……いきなり何の用？　ってアレよね？」

デボラさんは分かってるわよ？　と言わんばかりの表情だ。

「そうだ！　頼んでた高貴なるオソロは出来た？」

「ふふっ……いいタイミングで来たわね？　昨日完成したところよ。持ってくるわね！」

良かった、みんな喜ぶぞ！

「やったの！　ワクワクするの！」

ティアが嬉しくて店内をパタパタ飛び回る。

そしてデボラさんが店の奥から戻って来た。

「ジャーン！　これよ。どう？」

「……これはペンダントトップ？」

「カッコいいでしょ？」

デボラさんは直径六、七センチくらいのペンダントトップを、カウンターに並べる。

『ほう……深緑色をした石の中に、星のように光る様々な色が見える……不思議だのう』

デボラさんが見せてくれたペンダントトップは、森を思わせるような美しい深緑色の石だ。

その中に赤、濃い青、紫、水色、桃色のキラキラした光が角度によって現れる。

「これって……もしかしてみんなの瞳の色か？」

「ふふん？　気付いてくれた？」

デボラが凄いでしょうと俺を見る。

「そうか、だから……この前追加でパールのを頼みに行った時、瞳の色を聞いてきたんだな？」

『本当なの！　ティアのピンクもあった。ふうう……嬉しいの！』

「そーいうこと！　素敵でしょう？」

「ああ……ずっと見てられる」

ペンダントトップの中にはみんなの色がちりばめられていた。

銀太の深い海底を思わすような濃い青色、スバルの大空のような水色、一号二号三号達の紅玉《こうぎょく》のような赤色、可愛いティアにピッタリの桃色、パールのアメジストを思わせる紫……綺麗だ。

「ねえ？　一番のメインに気付かないの？」

「えっ……メイン？」

何だ……メインって、みんなの色のことじゃないのか？

『ティアは分かったの！　この綺麗な深緑色はティーゴの瞳なの。ティア達はティーゴの中にいるの！』

『我だって気付いておった！　大好きな主の瞳。分からぬ訳なかろう』

「なっ……」

この深緑色は俺の瞳……気付かなかった。

どうしよう、嬉しくて泣きそうだ……デボラさんめ、粋《いき》なことを。

「ふふん？　いいでしょ。アンタのその綺麗な深緑色の瞳がメインだよ！」

『主の中に我の青色が見える……何だか幸せなのだ』

「付与も沢山付けといたからね？　今度のは精霊石で作ったからいっぱい付けられたよ。

あの聖獣達には必要ないかもだけどね？　でもティーゴには必要でしょ？」

　今回の付与は凄かった……。

　全魔法無効に状態異常不可、それに結界まで張れるらしい。

　魔族に襲われた時にこれがあれば……余裕だったのにな。

「全魔法無効は一日十回くらいは使えると思うよ？　でも気を付けて。それ以上は無効にならないからね？」

「なるほど！　忘れずに覚えとくよ！」

「それと、今度のオソロは、ちょっとでも魔力を通したら、着けている仲間の場所がすぐに分かるようになってるから。余程魔力を抑えない限りは、いつでも居場所が分かるはずだよ」

「ああ！　スバル達が持ってるヤツと同じだよな？　パワーアップしたね！」

「今度のはオマケじゃないからね」

　以前、銀太とお揃いで買ったブレスレットにも同じような効果があったんだけど、それはオマケだったたから、あまり性能が良くなかったんだ。

　あっ！　ハクとロウ、それにキューにも作ってやりたいんだった！　どうしよう、デボラさんに聞いてみるか。

「あのさ……実は仲間がまた増えて……そいつらの色もこれに足せないかな？」

「ええー‼　また増えたの？　一体どんだけ魔獣をたらし込んだら気が済むのよ……」

「たらし込むとか！　変な言い方するな！」

「で？　何の魔獣？」

「ジャイコブウルフとガンガーリスだよ」

「また対極な魔獣を……ジャイコブウルフなんて凶悪な魔獣、よくテイム出来たわね……ガンガーリスだって臆病《おくびょう》な魔獣だから、見ること自体レアなのに」

デボラさんはビックリした顔で俺を見る。

まぁ……俺からしたらジャイコブウルフ等《アイツ》は凶悪でも何でもない、ただのダンス好きな魔獣だけどな。それに、ガンガーリスのヤツが臆病だって？　臆病な奴が後をついて来るか？

「瞳の色はガンガーリスが琥珀色《こはくいろ》で、ジャイコブウルフはオッドアイの金色と青です。青は海の青色ね」

「分かったわ！　ちょっと足してくるわ。六時間くらいかかるかも？　どうせなら作ってるところ見ていく？」

「えっ……いいんですか？」

作ってるところなんて……中々見れるチャンスないぞ！　企業秘密だろ？

「ティーゴは特別に……ね？」

デボラさんはそう言ってウィンクをした。

「わぁ！　デボラさんありがとう」

『ティアもちょっと興味あるの！』

『我はどっちでもいいが、主が楽しそうじゃから良いかの』

「じゃあ作業室について来て」

「おう！」

俺達はゾロゾロとデボラさんの後について行く。

この時俺は、楽しさのあまり、みんなに昼には戻るって言ったことを忘れていた……。

★　★　★

『ねえ……ティーゴ、遅くない？』

三号はお昼を過ぎても帰って来ないティーゴのことが気になり出した。

『本当だな？　どうしたんだろう……』

二号もちょっと心配な様子。

『あっしはお腹が空《す》いてきたんすよね』

『俺もだ！　ぐうぐう鳴ってるぜ……それにティーゴには銀太が付いてるんだ、大丈夫だよ！』

一号とスバルはお腹が減ってそれどころじゃないらしい。

するとキューがスバルのもとへ近付いて来た。

『キュキュウ♪　キューーウゥ♪』

『えっ？　レインボーマスカットを食べよう？』

プリプリプリプリプリプリ！

自慢のレインボーマスカットを食べてもらいたくて、キューの尻尾プリプリプリの動きが高速に。

それを見ていたハクとロウも話に入ってきた。

『ジュエルフラワーの蜜も美味いジャイ♪』

『そうコブ』

『じゃあ……外に出て収穫しながら食べようか？』

『そうだな！　それも良いな！』

三号とスバルの一声で、今日の昼食のメニューが決まったのだった。

皆は外に出て収穫しながら、レインボーマスカットとジュエルフラワーを頬張る。

ガブッ……スバルはレインボーマスカットを口いっぱいに入れた。

果肉から甘い蜜が溢《あふ》れ出る。

『口の中で蜜が暴《あば》れてやがる……これはトウカ風味だな！　美味いな♪　キュー！』

『キュキュウ♪』

スバルに褒めてもらえて、キューの尻尾プリプリが忙しい。

『こっちのジュエルフラワーの蜜も甘くて美味しいけど……ティーゴの王様のパンを合わせたくなるわね』

『本当っすねー！　王様のパン食べたくなってきたぁ！』

『あー想像したら……食べたい！』

『ああっ食べたいジャイ！』

『ヨダレが止まらないコブ』

三号達はジュエルフラワーの蜜を舐めて、王様のパンが食べたくなったようだ。

しかしここには今ティーゴが居ない……彼等が落胆《らくたん》したその時……。

「ワシが王様のパンを作ってやるのじゃ！」

『えっ⁉　パール、王様のパン作れるの！　……ってか料理出来るの？　猫の姿で？』

三号は「猫が作れるのか」って目でパールを見る。

「安心せい、ちゃんと人型に戻るわい！」

『マジか？　パール凄《すげ》えな！』

『パールやるっすねー！』

『凄いわパール！　期待してるからね？』

スバル、一号、三号は大喜びだ。キューも一緒になって尻尾を振っている。

「王様のパンなぞ……ワシにかかれば朝飯前じゃ！」

皆に褒められたパールは、嬉しくてニヤニヤが止まらない。

『やったコブ♪』

『嬉しいジャイ♪』

ジャイジャイ♪　ジャイコブ♪　キュキュウ♪　ジャイジャイ♪　ジャイコブ♪　キュキュウ♪

スバルと一号、三号それにジャイコブ達にキューは、嬉しくって踊り出す。

『カスパール様……王様のパンが……ああ』

二号だけは今にも泣きそうな顔をしているが……踊るのに夢中な皆は、その様子に気付いてない。

パールは、ジュエルフラワーを収穫し調理場へと戻る。

「久しぶりに作るが……まぁ大丈夫じゃろ」

パールは魔法を器用に使って、材料を混ぜていく。

スバル達はその姿をワクワクしながら見ている。

パールが料理を進めるにつれ、スバルや一号、三号の様子がおかしくなる。

『この作り方って……カスパール様みたい……』

『主もああやって……魔法で調理道具を操《あやつ》ってた……何で……同じ？』

そんなスバル達の変化に、料理に集中しているパールが気付く訳もなく。

「さぁ！　ジャンジャン焼くからのう！　すぐに出来るのじゃ！」

ジュッ……ジュワ～……♪　っと液を流し、パールは一度に十枚焼き出した。

パンケーキの焼ける良い匂いが調理場に広がる。

「さっ焼けたのじゃ！　みんな食べるのじゃ！」

パールは焼けた王様のパンを、ドンっと机の上に並べる。

スバル、一号、三号はそれをジッと見ながら、混乱していた。

（この独特の形は主が作った王様のパンと全く同じだ……何で？）

（カスパール様の作った王様のパンそのものっす……味は？）

（カスパール様のはいつも丸い線のコゲがつくの……何で同じなの？）

既にパールの正体を知る二号だけは目に涙を浮かべている。

（ああ……またカスパール様が作った王様のパンが食べれる）

端《はた》から見れば、四人ともただ動かずにパンを見ているだけだ。

パールはキョトンとして口を開く。

「何じゃ？　お主等……そんな顔をして？　心配せんでも不味くないのじゃ。ちょっと見た目は不恰好《ぶかっこう》かもしれんがの？　味は美味いはずじゃ！」

パールに食べろと言われ、正気《しょうき》に戻るスバル。

『たっ！　食べるよ！』

（もし……食べて味まで一緒なら？　イヤッそんなことあり得ねー……でも期待しちまって……ゴクッ）

スバル達は緊張しながら王様のパンを一口食べる。

『……！　こっこれは……主の王様のパン……だ⁉　うっ……ううっ……主』

『カスパール様っ……の……すんっ……王様のパン……いつもの』

『カスパール様の味……絶対間違えたりしないわ！　ああっ……うわーん』

スバル達の様子の変化にパールが驚く。

「ひゃわ！　なっ……スバル、一号、二号、三号！　どうして泣くのじゃ？」

『うっ……うう……カスパール様ぁ！　やっと……やっと私達の所に帰って来てくれたのね！』

『ずっと待ってたんすよ？　すんっ……』

一号と三号がパールに抱きつく。

「ええ……ワシは猫のパール……」

『もう無理だよ！　カスパール様。この王様のパンはカスパール様しか作れない』

二号は泣きながらそう言うと、一号達のようにパールに抱きついた……。

『俺達の……カスパール様』

一号達の様子を、涙を堪え黙って見ていたスバルが、震えながらパールに問う。

『……なっ何だよ……本当に……本当に主なのか？　……なぁ……教えてくれよ？』

むう……。

パールは大きく深呼吸しスバルに答える。

「…………黙っとってすまんかった……スバルよ。ワシは……カスパールじゃ」

『あっ……あるっ……うわーーんっ！　じいじっ、じいじっ、じいじ！　会いたかったんだ、ずっと！　……ずっとずーっと会いたかったんだ！　やっと……じいじに会えた』

スバルはパールに飛びついた。

「…………中々言えんですまんかったのう……」

『『カスパール様……！』』

『じいじっ……』

パールはスバル達が泣きやむまで、ずっと……ずっと……その頭を愛《いと》おしそうに優しく撫でていた。

★　★　★

「よっし！　これで完成よ！」

「おお……！　キューとハクとロウの色が入った……」

「追加の三つは一週間後に取りにきてね？」

「了解だ！」

俺は何気《なにげ》なしに、壁に掛けられた時計を見る……え!?

「やばっ！　こんな時間？　もう夕方じゃないか！」

デボラさんが見せてくれる錬金術《れんきんじゅつ》があまりにも綺麗で夢中になり……気が付くと夕方になっていた。

「どうしよ！　お昼に帰るってみんなに言ってたのに……絶対に心配してるよな」

俺がワタワタ慌てていると……。

『……むっ？　ふぁ……主もう帰るのか？』

『……スピー……』

待ってる間にいつの間にか寝ていた銀太が目を覚ます……長い時間待たせてゴメンな。

ティアはまだ眠りの中だ。

「何だい？　もう帰るの？」

「ああ！　聖獣達を待たせてるんだよ！　これは約束の代金！」

机の上に金貨が入った袋を置く。

「毎度あり！　いつもありがとうね」

カラン♪

俺は慌ててデボラのお店を後にする……。店を出てふと考える。

「そう言えば……俺達、エルフの里から転移して来たけど……戻るにはまたガイアの森を抜けて行かないとダメなのか？」

『大丈夫じゃ！　我の転移魔法ですぐに行ける』

「えっ、でも……ファラサールさんが転移では里に辿り着けないって話してなかったか？」

『あんな魔道具での転移と、我が使う転移魔法を一緒にされては困るのだ！　余裕なのだ！』

「さっすが！　銀太凄いな！」

『当たり前じゃ！』

銀太は褒めてくれと言わんばかりに、尻尾をブンブンと振って嬉しそうだ。

「じゃあみんなが待ってる異空間に戻るか！」

★　★　★

俺はみんなが居る異空間の家に帰って来た。

慌てて扉を開ける。

「遅くなってゴメンよ！　すぐにご飯を作るからな…………えっ？」

寛ぎスペースで、魔王姿のパールにしがみつくようにくっついて眠っているスバルと、一号二号三号達が……居た。

何でだ？　急にそんな仲良くなったのか？

「パール……これって？」

「んっ……？　いやぁ……？」

パールは少し困ったような顔をして笑う。

『……んんっ……』

スバルが目を覚ました。

『ティーゴの旦那っ！　帰って来たのか！』

目を覚ましたスバルがパタパタッと興奮気味に飛んで来た。

「ただいまスバル……遅くなってゴメンな？」

『いいんだよ。それより聞いてくれよ！　何と……パールはさ？　俺の主だったんだ！』

「えっ……俺の主？」

どーいうことだ？　スバルの言ってる意味が分からない……。

「こっっ、こりゃスバル！　ちょっと待つのじゃ⁉」

パールが慌てて止めようとするが、興奮気味のスバルはそんなことお構いなしだ。

『俺の主って言ったら、大賢者カスパールだろ？』

「えっ？　ちょっと待って⁉」

まっ……まさか……主って⁉

『だから！　パールが大賢者カスパールの生まれ変わりなんだよ！』

「えーーーーっ！！！」

パールが大賢者カスパール様の生まれ変わりだって⁉　ちょっと待って！

そっ…………それじゃあ俺は……大賢者カスパール様をテイムしちゃったのか⁉

イヤイヤイヤイヤイヤイヤ……。

「ちょっと待って⁉　あり得ない！　偉大《いだい》なる大賢者カスパール様をテイムするなんて‼」

「いやぁ……そんな褒めんでも……まぁ？　ワシは偉大なる大賢者じゃけども？」

俺は脳の理解が追いつかず……パニック状態だ！

何故かカスパール様は褒められたと思い、照れている……違いますよ？

パニックになってますよ？

誰か俺を落ち着かせてくれ。

『ティーゴの旦那、何をそんな興奮してんだよ！　主が帰って来たんだ。今日は肉祭り＆パーティーだ！』

『パーティーコブ？』

『それは盛大《せいだい》にダンスで盛り上げるジャイ！』

ジャイジャイ♪　ジャイコブ♪　ジャイジャイジャイコブ♪

キュウウ♪

ハク、ロウそれにキューは早くも尻尾をプリプリして踊り出している……。

みんなはもうパーティー気分だ。

そう、ただ一人を除いて……。

「あり得ないって……俺は大賢者カスパール様を風呂で洗ってたのか？　何て恐れ多いことを偉そうに……ああっ！　そもそも大賢者様が魔王ってどういうことだ？　はぁ……俺はこれからどうしたらいいんだ……ブツブツ」

俺はまだ一人パニック状態だ。

『さぁ！　ティーゴの旦那、外で肉祭りとパーティーの準備しようぜ！』

スバルは翼をパタパタと羽ばたかせて大張り切りだ。

『ティーゴ？　どうしたの？　ずっとブツブツ言ってるの……？』

ティアが心配そうに俺の顔を覗き込んだ。

その時、俺を混乱させている原因であるパールが、横に座って来た。

「ティーゴよ！　何をそんなに混乱しておるのじゃ！」

「だって俺は……カスパール様に偉そうに色々と……」

「偉そう？　そんなことはない！　ワシはティーゴに出会えてからずっと幸せじゃ。ワシの名前は其方が名付けてくれた【パール】じゃろ？　それでいいんじゃ！」

「パール……」

「さぁ！　みんなと楽しくパーティーしようぞ！」

そうだよな！　今はパールなんだ。

「ありがとうなパール、俺もパールと出会えてからずっと幸せだ」

「そっ……そうかの？　はぁ……また胸が……嬉しくて苦しいのじゃ！」

「んん？　どうしたパール」

「何でもないのじゃ。さっ……さぁ！　外に出てパーティーの準備をしようぞ！」

「そうだな！」

ありがとうパール……優しい大賢者カスパール様。

★　★　★

俺は焼き台を三つ出してフル稼働《かどう》で焼いている。

ジュウーッパチッパチ♪

弾けるように焼ける肉の音……辺り一面に広がる良い匂いがみんなの食欲を掻き立てる。

『やっぱりワイバーンの肉が一番美味しいわ♪　ティーゴのタレも最高だし！』

『美味いのだ！　いっぱい食べるのだ！』

『あっしも負けないっすよ？』

料理スキルのおかげか、俺一人で三台の焼き台をフル稼働しても楽々で焼くことが出来る……コピー料理スキルで増やした方がもっと早いけど、肉祭りはやっぱり焼いて食べないと！

この肉の焼ける音と匂いの臨場感《りんじょうかん》が堪らないんだよな。

さっ！　俺も食べるぞー！

最近、俺は米にハマっている……味の濃い料理との相性が抜群《ばつぐん》に良い。

肉にタレをつけて、炊けた米の上に載せて一気にかき込む。

「はああ……最高に美味い」

『おっ？　また美味そうな食べ方してるじゃねーか？』

スバルが俺の食べ方が気になったらしく飛んで来た。

「スバルも食べてみるか？」

俺はスバルにも同じのを渡す。

『……モグッ⁉　こっ……これは⁉　何て美味さだ！　肉の旨味が米に染み込み……はあ……どっちも最高に美味いじゃねーか！　米、肉、米、肉、米、肉……ティーゴどうしてくれんだよ！　止まらねーじゃねーか！』

ブッッ……！　どうもしないよ。知らないよ！

スバルの感想は相変わらず面白い。

あっ……！　またティアが素っ裸で食べてる。

「ティア！　人化するなら服を着ろ！」

『むうう……食べるのが忙しいの！　服は後なの』

「何言ってんだ……」

生まれて間もないティアには、まだ服の必要性が理解出来ないのか……困ったな。

うーん……こんな時は……着て欲しそうにアピールする？

「あ～あ……ティアに買ってあげたのにな。着て欲しいなぁ」

そう言って、俺は少し寂しそうにティアを見た。

『はわっ……今すぐ着るの！　急いで着るの！』

「あははっ」

ティアは急いで服を着てくれた。可愛い奴め。

ジャイジャイ♪　ジャイコブ♪　ジャイジャイジャイコブ♪

ジャイコブウルフの歌声がそこかしこから聞こえてくる。みんな楽しんでくれているみたいだ。

『はぁ……こんなに美味い肉は初めて食べたジャイ♪』

『ほんとコブよ……ああ、主様にお礼のダンスを送りたいコブ♪』
『そうジャイな！　いつものヤツやるジャイ？』
『やるコブ♪』
ジャジャーイ♪
ズチャ♪
ハクとロウが、俺の目の前に踊りながら飛び出して来た！
「わっ⁉」
何だ？　何が始まるんだ？
ジャイジャイ♪　ジャイコブ♪　ジャイジャイジャイコブ♪
ハクとロウの後ろに、どんどんジャイコブウルフ達が集まって来る……！
これは、コイツ等に初めて会った時に見せてくれたダンスの、違うパターンか？
百匹からなる壮大なダンスは　どんどん激しく……迫力を増していく。カッコいいな！
ジャジャーイ！
その叫びの直後、ジャイコブウルフ達の動きがピタッと止まる……。
ハクとロウが前に出てきてお辞儀をする。どうも二匹で歌を歌うようだが……？
『主様に出会え〜♪　我等幸せ〜♪』
『もう離れられない〜♪　体にされた〜♪』

ブッッ……なっ⁉

変な歌詞で歌うな！

俺の反応を完全に無視して、二匹は声をハモらせる。

『ああ～主様～♪　主様～我らの主様～♪♪』

二匹のソロが終わったのか、また他のジャイコブウルフ達も歌って踊り始めた。

ジャジャーイ♪

ジャイジャイ♪　ジャイコブ♪　ジャイジャイジャイコブ♪　ジャイジャイ♪　ジャイコブ♪　ジャイジャイジャイコブ♪　ジャイジャイ♪　キュッキュウ♪

みんなが踊りに交ざっていく。

『主様も一緒に踊るジャイ！』

ハクに手を引かれて、俺も踊りの輪《わ》の中に入ってしまった！

「わぁぁ！　俺ダンスなんてしたことねーよ！」

『楽しかったら良いコブ♪』

ロウがそう言って、変な動きを見せてくる。何だそれ、踊りか⁉

ジャイジャイ♪　ジャイコブ♪　キュッキュウ♪　ジャイジャイ♪　キュッキュウ♪

ジャイ♪　キュッキュウ♪

銀太達まで一緒になって「ジャイジャイ♪」と歌いながら踊っている。

全然動きは揃ってないけど、でもみんな自由に楽しんでる。

あはははっ楽しいな！　本当、コイツ等と居ると、いつも笑ってる。

★　★　★

「はぁーっ踊った！」

「楽しいのう！」

俺とパールは踊りの輪から少し離れた原っぱに、一緒に座る。パールは疲れたのか猫の姿に戻っていた。

「よう分からんが、ダンスは楽しいのう」

「本当！　ダンスって楽しかったら何でもいいんだな！」

フフッ……二人で笑い合う。

俺は少し気になってたことをパールに質問する。

「パール……なぁ？　何で大賢者様が魔王に？」

「んん？　そんなことが気になるかの？」

「そりゃ……気になるよ！」

「これは前世の時に、前魔王から呪いを受けたんじゃ！　魔王に生まれ変わる呪いをな」

「そんな呪いがあるのか？」

「ワシも知らんかったがの。どうやら魔王はこの呪いが使えるのじゃ！　魔王として生まれ変わったから、今は魔王や魔族のことも、色々分かるんじゃ！」

そんな呪いのせいで大賢者様が魔王になるなんて……！

「そんな顔をするでない。ワシはの？　魔王に生まれ変わってしまい、はじめはどうしようかと思ってたんじゃ……突然お主にはテイムされるし……」

「やっはは……だってまさか猫が魔王だなんて誰も気付かないよ！」

「確かにのうっ……じゃがの？　ワシはお主達と共に旅をし、前世では知らなかった楽しさを知ったのじゃ」

「……パール」

「じゃからの……魔王になって、お主にテイムされて良かったと思っとるんじゃ」

パール……嬉しいことを言ってくれる。

「でもパールは魔王でもあるだろ？　魔族達のことはどーするんだ？」

「魔族達はワシがこれから変えていく。人族と共存していけるようにの。まぁ……楽しい未来を一緒に作ろうぞ？」

人族と魔族の共存……そんなことが可能なのか……？

「さすがパールだよ！　カッコいいよ」

「むっ？　そうかの？　ワシ……カッコいい？」

「めちゃくちゃカッコいいよ！」

「そっ……そうかの？　まぁもっと褒めても良いんじゃよ？」

「パール最高！　男前！　男の中の男だ！」

「もう一声！」

「伝説の人！」

俺が何度も褒めると、パールは照れたように笑った。

パールはやっぱり凄いなと改めて思った夜だった。


俺達は肉祭りパーティーを終え部屋に戻って来た。

「ふぅーっ楽しかったな！」

デボラのお店から帰って来たら、パールがカスパール様だったり、そのまま肉祭りパーティーをしたりで……俺は未だみんなに、高貴なるオソロのことを話せないままだった。

みんなに見せたらどんな顔するかな？　喜んでくれるよな？

フフッ、楽しみだ。

「なぁみんな？　ちょっとこっちに集まってくれないか？」

『何だ？　ティーゴの旦那？』

『あっ！　あれね？　ティアは分かったの！』

『なになに？　気になるわね～？』

俺が座っているソファにみんなが集まって来る。

目の前にある机に、俺はデボラさんから貰ってきた高貴なるオソロを出した。

「ジャジャーンッ！　高貴なるオソロが完成したんだよ。どうだ？　カッコ良いだろ？」

『このオソロはね？　みんなの瞳の色が入ってるの！　見て？　このピンクはティアなの！』

『このカッコいい深い青は我の瞳だ！　フンスッ！』

先にデボラのお店で一緒に見ていたティアと銀太が、得意げに話し出す。

「綺麗だろ？　深緑の石の中に沢山の色が見えるの、分かるか？」

スバルや一号、二号、三号は何故か何も喋らない。

「おい？　どーしたんだよ！　高貴なるオソロ、楽しみにしてただろ？」

『ふぅっ……本当……綺麗ね。すんっ……ありがとう！　ティーゴ』

三号が泣きながら抱きついて来た！

「ちょっ……!?　その姿で」

人化したままの三号に抱きつかれるとちょっと恥ずかしい！

けど……泣いている三号を無下《むげ》にも出来ず。

緊張してドキドキするけど、頭を撫でてやる。

ティアがそれぞれのオソロを見比べて、何かに気付いた。

『よく見て？　ちゃんと、自分の色が一番大きく光るようになってるの！　これは紫が一番大きく光ってるからパールのなの！』

「………またみんなで高貴なるオソロが出来るなんて……はぁ、ワシは幸せじゃ」

『パール？　泣いてるの？』

ティアがパールの顔を覗き込む。

「はわっ？　なっ泣いてなどおらんのじゃ！」

パールは高貴なるオソロを持って、部屋からバタバタッと出て行った。

『俺は……主とティーゴ。二人の大切な主達とオソロが出来るんだな！　最高に幸せだぜ！』

スバルはこちらに飛んで来て、俺の髪に顔を埋める。

何だ？　その可愛い仕草は？

『ティーゴ……あっし嬉しい……すんっ』

『カッコいいな……ふうっううっ』

ケルベロスの三匹は意外とよく泣く。涙もろいんだよな。

すると！　一号と二号まで泣きながら俺に抱きついて来た！

俺は綺麗なお姉さん三人に抱きつかれ……どうして良いか分からず、固まって動けなくなってしまった。

頼むから！　人化を解いてから抱きついてくれ！　緊張してどーして良いか分かんなくなるだろ！

とりあえず高貴なるオソロはみんなに気に入ってもらえて良かった！

次はハクとロウにキューの分だな！

★　★　★

朝ご飯をみんなで食べた後、俺達は異空間を出て、転移魔法でエルフの里に戻った。

キューとハクとロウ、それに二号とパールは異空間に残って作業をするらしい。

昨日ドヴロヴニク街で、色んな苗と種、さらに苗木を沢山買って来たから、それを植えたりしたいらしい。

特に二号は、朝から楽しみでソワソワしてたからな。

あれ？　ちょっと離れた所に見えるのはファラサールさんか？

「わわっ！　ティーゴ君、一体何処に居たんだい？」

突然現れた俺達にビックリしながらも、ファラサールさんが小走りでやって来た。

「昨日丸一日みんなの姿を見かけなかったから……もしかして、エルフの里を去ってしまったんじゃ？　って僕は不安になってたんだからね！」

　ファラサールさんは俺達が居くなったと思って心配してくれたみたいだ。しまった！　何も連絡せずにデボラのお店に行ってしまってた……ゴメンなさい。

「昨日は一日中ドヴロヴニク街に行ってて……そのまま異空間の家で寝たんだ。それで今朝またエルフの里に転移して戻って来たところなんだ」

「えっ？　転移って……？　この里に？」

「銀太の転移魔法なら可能らしいんだ！」

「……さすが銀太様だね！　エルフの里は、聖龍様が魔法制御結界を張っているからね。普通は魔法を弾かれて入って来られないんだよ」

『我なら余裕なのだ！』

　横で話を聞いていた銀太が、褒めてもらえたのが嬉しくて話に割り込んできた。

「その通りです！　銀太様」

　ファラサールさんはウットリしながら銀太を褒める。

「そうそう！　本当はね、昨日したかったんだけど、今日はエルフの里を色々案内したり……長老《おさ》にも紹介したいんだ。長老はエルフの中では一番の長生きでね。八百歳を超えてるんだよ」

　エルフの里を案内してくれるのか！　それは楽しみだな……。

　長老に会うのはちょっと緊張するけどな。

「楽しみだよ、ファラサールさん。色々考えてくれてありがとう」

「いえいえ……折角エルフの里に来てくれたんだ！　いいところを知って欲しくて！」

まずは楽しい場所に案内すると言われ、ファラサールさんの後をついて行く。

エルフの里の人達はみんな優しくて、すれ違う度にニコニコ挨拶してくれる。

そしてエルフの里は空気がとても澄《す》んでいる。息をするだけでも癒される気がする。これも聖龍様の力なのかな。

「ティーゴ君ここです！　妖精達の泉！」

「妖精達の泉？」

見渡せば、周りは光り輝く妖精達で溢れ返っていた。

「この泉はちょっと甘いらしくてね？　妖精達の大好物なんだ。だからこの泉には妖精達がいっぱい集まっているんだ！」

『何？　甘い水じゃと？』

『気になるじゃねーか！』

『ティアも気になるの！』

食いしん坊達が泉の水を飲みに走る……ったくアイツ等は。

『ふむ！　確かに甘いの……じゃがちょっと物足りん』

『だなー！　これならジュエルフラワーの蜜の方がいいな』

『そうなの！　ティアはもっと甘いのがいいの！』

銀太達め、好き勝手に飲んどいて、文句言ってるし……もう！

妖精達の泉は聖龍様が居る湖とは違い、こぢんまりした小さな泉だ。

「おーい！　ティン！　居るかい？」

ファラサールさんが妖精に呼びかけている。知ってる妖精が居るのかな？

《なあに？　どうしたの？》

光り輝く妖精が目の前に飛んで来た！　他の妖精に比べるとちょっと大きい。

「ちょっとお願いがあってね！　妖精の粉を貰えるかな？」

《妖精の粉？　いいよー！　どれくらい必要なの？》

「このコップ一杯くらい！」

《なんだぁ！　それくらい……あっという間だよ！　コップを上に掲《かか》げて！》

ティン？　がそう言うと、妖精達がコップに集まり、羽をパタパタさせる。羽から綺麗な虹色の粉がドンドン落ちていく……。

「おお！　もう充分だよ。ありがとう、これはお礼のクッキーだよ！　みんなで食べて」

《わーい！　ありがとう♪》

妖精達はキラキラの粉を撒きながら飛んで行った。

「ティーゴ君見て、これが妖精の粉だよ！」

ファラサールさんが粉をみんなに見せてくれる。

「すっ……凄く綺麗だ」

妖精の粉は七色に光る細やかな粒子《りゅうし》だ……触ると消えてなくなりそう。

「ふふ……これをね？　こーやって頭に少しかけると？」

そう言ってファラサールさんは俺の頭に妖精の粉を振りかけた。

「ちょ？　何を……⁉」

「ふふん？　ティーゴ君。何か気付かない？」

何か？　……へっ？　俺浮いてないか？

「わっ！　ちょっ……？　何だよこれ！」

俺の体は自分の意思とは関係なく、ドンドン急上昇していく。

「ちょっとファラサールさん！　どーすんのこれ！」

「妖精の粉をかけるとね！　空を少しの間飛べるんだよ！」

「ええー⁉　飛べるって……でもさっ、浮いてて体を上手く動かせないよ！」

「大丈夫！　イメージしてみて」

ファラサールさんも自分に妖精の粉をかけて、俺の所に飛んで来た！

「凄い！　そんな上手に飛び回れるのか、俺も飛び回りたい！」

『我も！　我も飛んでみたいのだ！』

『ティアが粉をかけてあげるの！』

『ふふ……面白そうね！』

『あっしも飛びたいっすね』

『みんなで飛ぶか！』

銀太と一号、三号も妖精の粉をかけて飛んで来た。ティアとスバルもその後を追って来る。

「何だよ！　何でそんな上手に飛べるんだよ！」

『楽しいのだー！　我は初めて飛べたのだ！』

『本当ねー楽しいわ！　スバルはいつもこんなに楽しいのね？　羨ましいわ』

『だろー！　やっと俺の凄さが分かったか！』

聖獣達はみんな楽しそうに飛行している。

上手く飛べるようになるのに、俺だけ時間がかかってしまった……くそう。

『ん？　何か里の集落が騒がしくない？』

三号が異変に気付いてファラサールさんに伝える。

「本当ですね！　何かあったのかもしれません！　戻りましょう！」

俺達は妖精の里の集落にそのまま飛んで行った。

シュタッ！

シュタッ！

タンッ！

タンッ！

ドスンッ⁉

みんなカッコ良く地面に下りたのに、俺だけ不恰好に急降下で落ちた……何でだよ！

「何かあったのか！」

ファラサールさんが騒いでいるエルフの人に質問する。

「娘が……娘が昨日から帰って来なくて……うう」

何と！　エルフの女の子が行方《ゆくえ》不明になってるらしい。

里の周りの森は探し尽《つ》くしたけど見つからないので……今からガイアの森深くまで探しに行くとのこと。

「ガイアの森は高ランク魔獣も多い！　俺達が探しに行くよ！」

「ティーゴ君……本当にいいのかい？」

ファラサールさんが申し訳なさそうに俺を見る。

「任せてくれよ！」

俺達はエルフの女の子を探しにガイアの森へ出発した。

17 迷子《まいご》を探せ

エルフの女の子を探しに、俺と銀太とスバルとティアの四人？　いや一人と三匹で、ガイアの森に来た。

一号と三号は迷子探しに興味がないらしく……異空間に戻って行った。

「なぁ……銀太。エルフの子供の居場所って探知《たんち》出来るのか？」

ガイアの森に出たは良いが、この広大な森をどうやって探したら良いのかアイデアも全く浮かばず……俺は匙《さじ》を投げて銀太に相談した。

頼んだよ銀太様！

『そうだのう……気配は探知出来るが……エルフかどうかまでは分からんの……まぁ、主なら絶対何処にいても分かるがの？』

銀太の奴め可愛いことを……。

「じゃあ探知して気になる所を見て回るしかないか」

『そうだの！』

『俺も空から探してやるよ！』

「ありがとうスバル！」

『むっ……？　あっちの方に何か気配がするのだ！』

「よし！　行ってみよう」

『俺は飛んで先回りして来るぜ！』

俺達が向かうと……

『むう？　逃げているのか？』

……逃げるってことは魔獣だろ！　銀太達にビビッてるんだ！

「銀太！　この気配は多分魔獣だ、違う場所を探知しよう」

『むっ？　さすが主！　よく分かるのだ』

いやいや……普通エルフの子は逃げたりしないからな。

『む……この気配は？』

銀太が何かの気配を感じ取る。

「気になるのか！」

『行ってみようぜ！』

『主！　我の背中に乗るのだ！　その方が一瞬だ！』

銀太は俺を乗せて猛スピードで走る……周りの木の様子が変わる。これは竹林か！

竹か、本で読んだことはあったけど、実際に見るのは初めてだ。

竹ってこんなに大きくて長いんだな。

何だ……？　竹の隙間《すきま》から動く物体がチラチラ見える。

「なっ……何だアイツは⁉」

目の前には、必死に竹の根元を掘っている熊みたいな魔獣が……？

耳と目の周り、胴体の一部や尻尾は黒で残りは白……変わった模様だな。

『ほう……キングパンダか……珍しいのう』

「キングパンダ⁉　初めて聞くな」

『彼奴等は竹がある所にしか棲処《すみか》を作らんからのう……しかも慎重《しんちょう》じゃ……』

慎重？　慎重な奴が、銀太達が近くに居るのに、どうして逃げずに必死に穴を掘るんだ？

「あっ、穴から何か掘り出した！　何だ？」

『あれは竹ノコだな！　主が好きなんだ！』

竹ノコ……俺は初めて見たよ。

下を向いて必死に掘っていたキングパンダは、ウットリと満足した表情でやっと顔を上げた。

『パパパパァ！　パンパンッ⁉』

キングパンダは銀太達にやっと気付き、腰を抜かしてしまう。奇妙《きみょう》な鳴き声を発しながら……。

「だっ大丈夫だからな？　何もしないぞ？　俺達は！」

俺は宥《なだ》めるように優しくキングパンダに話しかける。

『パパン？』

キングパンダは本当に？　って顔をしてクビを傾げる。

『大丈夫なの！　ティーゴはイジワルしないの！　優しいの！』

『パパン♪』

ティアの言葉でホッとしたのか、嬉しそうに丸い尻尾をプリプリする。

可愛いな……二足歩行で立つと三メートルくらいあるけど、間抜《まぬ》けな模様のせいで、少しも怖くない。

『パパン♪　パン』

キングパンダは尻尾をプリプリしながら、俺に近付いて来た。

『パパン♪』

「えっ？」

『主〜この竹ノコあげるって！』

「あんなに必死に掘ってたのにいいのか？」

『パパンパンパン♪』

『掘るのが好きだって言ってるの』

「そうなのか！　ありがとうな」

そう言って俺はキングパンダの腹を撫でる。

頭は大き過ぎて手が届かなかった。

『パパン……』

『主の手は最高だって⁉　当たり前じゃ、世界一なのだ！』

恥ずかしいから変に褒めるのはやめてくれ……嬉しいんだけど。

「ありがとうな銀太！」

銀太の頭も撫でてやる。

「あっそうだ！　これは竹ノコのお礼だ！　食べてくれ」

アイテムボックスからトウカパイを出して、キングパンダに渡す。

『パッ、パパン♪』

プリプリプリプリプリプリ♪

キングパンダは丸い尻尾を、プリプリ振って嬉しそうだ。

「そうそう！　この辺りでエルフの子を見なかったか？　探してるんだ！」

『パパン……？　パッ？　パパンパン♪』

『見たって！　あっちの方を歩いていたって言うておる』

「本当か！　ありがとうなキングパンダ」

俺は嬉しくてキングパンダに思わず抱きつく。おお……モフモフだ！

『パパン♪♪』

「この近くにいるなら急いで行かないと！　キングパンダ、またな？」

キングパンダに別れを告げると、俺は銀太に乗り、急いで教えてくれた方角に向かう。

パパン……キングパンダはずっと俺達を見送っていた。


『主！　彼処に二体気配があるが……一体からは物凄く強い魔力を感じる……』

「えっ!?　それって魔獣に捕まってるのか!?」

『かも知れぬ……』

『よし！　俺が先に飛んで様子を見て来る！』

「ありがとうスバル！　俺達も急ごう！」

スバルが猛スピードで行って戻って来た！

『行方不明の、エルフの子供を見つけた！　ヤバイな、ミスリルドラゴンと一緒だった！』

『ミスリルドラゴンじゃと!?　ほう……久しぶりに強い奴と戦えるかのう』

『俺が先に見つけたんだ！　俺に戦わせろ！』

『我が先じゃ！』

『イヤ俺だね』
『我』
『俺』
『我』
『俺』
「あー！　今はそれどころじゃないだろ、女の子は無事なのか？」
二匹の不毛《ふもう》な言い争《あらそ》いを遮った。女の子の安否《あんぴ》が一番心配だ。
『ミスリルドラゴンが捕まえていたが、大丈夫そうだったぞ！』
捕まえていたか……それなら急がないと。
「居た！　あそこだ！」
五メートルはあるピカピカと銀色に輝くドラゴンが、女の子を捕まえている。
あれがミスリルドラゴン……強そうだな。
『ミスリルドラゴンよ！　そのエルフの子供を離すのだ！』
『離さないと痛い目に遭《あ》うぜ？』
スバルと銀太がやけに張り切っている……やり過ぎるなよ？
『おい！　ミスリルドラゴンよ！　細切《こまぎ》れにしてやろうか？』
『それか炭にしても良いのう……』

二匹がミスリルドラゴンを説得というか……脅迫《きょうはく》している。

突然現れたフェンリルとグリフォンに、ミスリルドラゴンは驚き固まったまま動かない。

そりゃそうだよな。怖いよな、突然こんな二匹が現れたら。

『おい、ミスリルドラゴン！　子供を離せってば！』

『ふうむ？　子供を盾《たて》にしてるのか？　我なら魔法をお主だけに当てることが出来るのだ！　じゃから無駄だ！』

しかし、ミスリルドラゴンは無言のままだ。

『おい！　何か喋れよ！　もう……分かった！　その腕ちょん切ってやる！』

スバルが魔法を放とうとした瞬間……!!

「やめて！　キラちゃんを撃たないで！　キラちゃんは何も悪いことしてないよ」

エルフの女の子が前に出て、ミスリルドラゴンを庇《かば》う。

「えっ!?」

ミスリルドラゴンに捕まってたんじゃないのか？

「キラちゃんはマインの大切な友達なの！」

「ええ!?　ミスリルドラゴンと友達なのか！」

「キラちゃんはマインが迷子になってた時に……エルフの里の入り口、ハバスの滝まで送ってくれたの！　それからずっと友達なの、キラちゃんはとっても優しいドラゴンなの」

「そうだったのか……ゴメンな、勘違いしてたよ」

でも帰り道が分かるなら……何でエルフの里からこんなに離れた場所に居たんだ？

「何でこんな場所に居るんだ？」

「それは……ドラゴン渓谷《けいこく》に行こうと思って」

「ドラゴン渓谷⁉」

何処だ？　初めて聞く場所だ！

『色んなドラゴン達が集まる渓谷があるんだよ！　俺の友達も其処《そこ》にいるんだぜ！』

スバルがドラゴン渓谷について教えてくれる。

ドラゴン達が集まる渓谷……そんな場所があるんだな。

「キラちゃんだけイジワルされて……置いて行かれたの！　キラちゃんはいつも他のドラゴン達に馬鹿にされたり酷いことされたり……渓谷に一人で行くのは寂しいと思って……マインは一緒にドラゴン渓谷に行こうと思って出発してたの！」

「イジワル？　馬鹿にされる？　ミスリルドラゴンが？」

ミスリルドラゴンはドラゴン種の中でも、最上位に近いんだぞ？　それが馬鹿にされるって……。

『あっ……あの……オデが……トロくそ……だから……みんな……オデがきらい……オデ

がしっかり……してたら……』

ミスリルドラゴンが急に話し出した！

「わっ！　お前喋れるのか？」

『オデ……人族と……話……出来る』

「ってことは、テイムされたことがあるのか？」

『テイム？　……オデは……生まれた……時から……分かる……オデを……テイムしてくれる……人族はいない』

「テイムされてないのに人族の言葉が話せるなんて！　お前凄いなあ」

『オデ……凄い……嬉しい……マイン以外で……オデ……初めて褒めてもらえた』

ミスリルドラゴンは、嬉しそうに大きな尻尾でボスンッボスンッと地面を叩く。

ドラゴンって強くて怖いイメージがあったけど……コイツは何か憎めなくて可愛いな。

「なぁマイン？　エルフの里ではお前が居なくなったと大騒ぎなんだ！　みんな心配してるから、エルフの里に帰らないか？」

「ダメ！　だってキラちゃんが心配だもん！　これからの時期はどのドラゴンも渓谷で休むって言ってた」

「でもな？　マインが一緒にドラゴン渓谷に行ってもその後はどーするんだ？　そのまま渓谷で過ごすのか？」

「あっ！　そっ……それは……」

マインは「あっ！」っという顔をし……言葉に詰まる。

あー……やっぱりな。行った後のことまで考えてなかったな……はぁ。これはもう仕方ないな。乗りかかった船だ。

「分かったよ！　俺達がこのミスリルドラゴンを、ドラゴン渓谷まで連れて行ってやるよ」

「ええっ！　本当に？　いいの？」

マインがキラキラした瞳で俺を見る。こんな顔されてやっぱり行きませんとか誰が言えるんだよ！

「ああ、任せてくれ！　銀太、スバル、ティア良いよな？」

『我は主と一緒なら何処でも行くのだ！』

『久しぶりに友達に会えるな！　ドラゴン渓谷に行くの楽しみだぜ！』

『ティアは行ったことないけど楽しそうだからいいの！』

「ってことだ！　俺達に任せてくれ」

「良かったねーキラちゃん！　これでドラゴン渓谷に行けるよ」

マインがぴょんぴょんと飛び跳《は》ねて喜んでいる。

『オデ……こんな……幸せ……いいのか……ありがとう……ありがとう……』

「じゃあ！　マインはエルフの里に帰るぞ。みんな心配してるからな」

「はーい」

こうして、ひょんなことから次の目的地が決まってしまった。

ドラゴン渓谷か、どんな場所なんだろうな。楽しみだ。

あとがき

皆様こんにちは。三巻でもお会い出来て嬉しいです。作者の大福金です。

この度は『お人好し底辺テイマーがSSSランク聖獣たちともふもふ無双する3』を手に取っていただき、誠にありがとうございます。

三巻の見所はなんと言っても、装丁《そうてい》に描かれている湯屋を作ったお話ですね。あのお話でティーゴが凄く成長したように思います。書いていて、ティーゴってこんなにしっかりしてたっけ？　と、後半何度も思うほどでした。

もう一つは、ジャイコブウルフ達の登場。面白い魔獣を書きたくて登場させたんですが、それがなんと大人気に！　まさかテイムして一緒に旅する仲間になるとは、考えた時には思ってもいませんでした。

ただただ「ジャイジャイ♪　ジャイコブ♪　ジャイジャイジャイコブ♪」このセリフを言いながら、踊る魔獣を書きたかったのが始まりです。そんなハクとロウがイラストになった時、すごくカッコ良く描いていただけていたので感動しました。

そして読者の皆様は薄々気づいているると思うのですが、私は名前を付けるのが苦手です。主要キャラの名前は一週間ほど悩んで決めます。そんな私なので、脇役キャラにまで、尽《じん》力《りょく》をそそげないんです。さらに脇役に関しては名前を覚えるのも得意ではありません。なので私の作品に出てくる脇役キャラは、分かりやすい名前になっています。三巻に登場する脇役〝クズノウ・ゲスイー〟もクズでゲスい悪役にしよう。そんな考えから生まれた名前です。登場した時の名前の反響は、私の想像を超えて凄かったですね。

「なんてあからさまな名前を付けてるの作者さん!?」っと。

そんな所も今後楽しんでいただけたらなぁと思っています。

最後になりますが、最高の装丁や挿絵を描いてくださったイラストレーターのたく様、出版にあたり力を貸していただいたアルファポリスの編集者の皆様、そしてティーゴ達を応援してくれている読者の方々に、心よりお礼を申し上げます。

それではまた、次の四巻でお会いしましょう。

二〇二四年三月　大福金

「銀座編」大好評発売中！
累計700万部突破！
(電子含む)
ゲートSEASON1～2
大好評発売中！
コミックス
最新24巻
大好評発売中！
SEASON1　陸自編
単行本
●本編1～5／外伝1～4／外伝＋
●各定価：本体1,870円(10%税込)
文庫
●本編1～5〈各上・下〉／
外伝1～4〈各上・下〉／外伝＋〈上・下〉
●各定価：本体660円(10%税込)
漫画
漫画：竿尾悟
●1～24(以下、続刊)
●各定価：本体770円(10%税込)
SEASON2　海自編
単行本
●本編1～5
●各定価：本体1,870円(10%税込)
文庫
最新5巻
〈上・下〉
大好評発売中！
●本編1～5〈各上・下〉
●各定価：本体660円(10%税込)

ネットで人気爆発作品が続々文庫化

アルファライト文庫 大好評発売中!!

受付業務からダンジョン攻略まで!!

元神様な少年の自重知らずな辺境暮らし!!!

元邪神って本当ですか!? 万能ギルド職員の業務日誌 1~4

1~4巻 好評発売中!

紫南 *Shinan*　illustration riritto

邪神の過去があっても、本人はド天然――!?
自重知らずの少年は、今日も元気にお仕事中!

辺境の冒険者ギルドで職員として働く少年、コウヤ。彼の前世は病弱な日本人。そして前々世は――かつて人々に倒された邪神だった! 今世ではまだ神に戻れていないものの、力は健在で、発想も常識破りで超合理的。その結果、劣悪と名高い辺境ギルドを二年で立て直し、トップギルドに押し上げてしまう――。"元神様"な天然ギルド職員のうっかり改革ファンタジー、待望の文庫化!

文庫判　各定価：671円(10%税込)

アルファライト文庫

この作品に対する皆様のご意見・ご感想をお待ちしております。

おハガキ・お手紙は以下の宛先にお送りください。

【宛先】

〒150-6019 東京都渋谷区恵比寿 4-20-3 恵比寿ｶﾞｰﾃﾞﾝﾌﾟﾚｲｽﾀﾜｰ 19F
（株）アルファポリス　書籍感想係

メールフォームでのご意見・ご感想は右のＱＲコードから、
あるいは以下のワードで検索をかけてください。

アルファポリス　書籍の感想　検索

ご感想はこちらから

本書は、2022年10月当社より単行本として
刊行されたものを文庫化したものです。

**お人好《ひとよ》し底辺《ていへん》テイマーがSSSランク聖獣《せいじゅう》たちと
もふもふ無双《むそう》する3**

大福金（だいふくきん）

2024年 3月 31日初版発行

文庫編集－中野大樹／宮田可南子
編集長－太田鉄平
発行者－梶本雄介
発行所－株式会社アルファポリス
〒150-6019東京都渋谷区恵比寿4-20-3恵比寿ガーデンプレイスタワー19F
TEL 03-6277-1601（営業） 03-6277-1602（編集）
URL https://www.alphapolis.co.jp/
発売元－株式会社星雲社（共同出版社・流通責任出版社）
〒112-0005東京都文京区水道1-3-30
TEL 03-3868-3275
装丁・本文イラスト－たく
文庫デザイン—AFTERGLOW
（レーベルフォーマットデザイン－ansyyqdesign）
印刷－中央精版印刷株式会社

価格はカバーに表示されてあります。

落丁乱丁の場合はアルファポリスまでご連絡ください。

送料は小社負担でお取り替えします。


ISBN978-4-434-33578-5 C0193